八歳から始まる神々の使徒の転生生活
Hassai kara hajimaru Kamigami no Shito no Tensei Seikatsu
えぞぎんぎつね
イラスト：藻

おめでとうございます。
あなたを神様として迎えます。
…人類は滅びますけど。
女神さま
自称麗しく心優しい女神。人類の敵を葬って
天寿を全うした最強賢者を神にしようとする。
天界へようこそ
天界に勧誘する女神さま。
どうするウィル…?

え・・・
それってダメなんじゃ…？
ウィル・ヴォルムス
人類最大の敵を滅ぼし神になれるはずだった最強賢者。だが、実際は滅ぼせていなかったと知り、8歳の少年として転生する。

お前、いったい何者だ!
邪魔すると容赦しねぇぞ!!
いいからその娘を寄越せ!
少女救出
森で怪しい連中に囲まれる少女。
当然ウィルは助け出す!!

この子が誰かは知らないが、
そういう訳にいくか馬鹿。
え!? あ、あの…
ティーナ・ディア・イルマディ
賊に襲われていたところをウィルに助けられたイルマディ皇国の第三王女。明るく快活な性格で、ウィルのことを慕う。

行くぞ、アルティ!!

これで終わりだ!!

了解です!!

アルティ・ゼノン・バルリング
ウィルを勇者学院に招くため、救世機関から派遣されてきた少女。冷静沈着で、かなり強い剣士。

GUAAAAA…
vs 獣の眷族
突如現れた獣の眷族。心臓であるコアめがけてウィルが水球を放つ!

Contents

八歳から始まる
神々の使徒の
転生生活
Hassai kara hajimaru
Kamigami no Shito no
Tensei Seikatsu
えぞぎんぎつね
ezogingitune
イラスト：藻
mo

1．賢者は死にました

Hassai kara hajimaru Kamigami no Shito no Tensei Seikatsu

「エデルファス師匠！　気をしっかり持ってください！　ああ、どうして血が止まらないんだ……」

悲鳴に近い治癒術師の声がする。

水神の愛し子と称される彼で無理なら、それはもう無理だ。

俺はもう百二十歳。

人族としては充分すぎるぐらい長く生きたと思う。

「師匠、おれなんかをかばって……」

古今無双と称され、歴代の勇者の中でも最強と名高い勇者が泣きそうだ。

「こういうのは歳の順って決まってるんだ」

そう言って俺は笑ってみせたが、ついに勇者は泣きだしてしまった。

「お前は本当に泣き虫だな。よく泣いて俺のベッドに入りにきたっけ……」

「エデルファス師匠。そんな子供のころのこと持ち出さないでくださいよ……」

勇者は涙を流しながら、顔をくしゃくしゃにして口角だけ上げてみせる。

無理に笑おうとして失敗したのだろう。

「で、肝心の厄災の獣は倒せたのか？　復活の気配はないか？」

魔王である厄災の獣との戦いで俺は致命傷を負ったのだ。

「ありません！　師匠の魔法によって存在ごと分解されました！」

そう答えたのは剣聖と称えられる戦士だ。

「師匠、あの魔法はまだ教えてもらってませんよ。それを教えてもらう前に死んだら怒りますからね！」

そう言って縋り付くのは一番若い弟子の魔導師。

才能にあふれ意欲もあり心根も素直。こいつには俺の魔法体系を叩き込んである。

あとは俺の指導なしでも、独学で俺を超える魔導師になってくれるだろう。

「大した魔法ではない。思い付きの即興の魔法だ。あれを見たお前ならもう使えるはずだ」

「……無茶苦茶言わないでくださいよ。……師匠、お願いしますよ。まだ指導してください」

魔導師も泣きだしてしまった。

俺の弟子たちは優秀なのに泣き虫ばかりだ。

「そうか。厄災の獣は無事消滅したか。それはなによりだ」

人族を滅ぼしかねない最強の厄災の獣。

それを討伐して、被害がこの老いぼれ一人。上々の結果だ。

なのに、俺の自慢の弟子たちは涙をぼろぼろこぼしている。

「……なんて顔してやがる」

「エデルファス師匠、おれたちを置いてかないでください」

百戦錬磨の勇者が泣き言を言う。強くなったのに泣き虫なのは相変わらずなようだ。

「お前たちはどこに出しても恥ずかしくない俺の自慢の弟子だ。大丈夫だ」

「そんなことないです！　師匠がいなければ、私たちどうしたらいいか……」

しっかり者の治癒術師までそんなことを言う。

「お前たちには俺のすべてを叩き込んだ。大丈夫。大丈夫だ」

「私たちはまだまだ未熟です。師匠が必要です」

戦士がそう言ってまた大粒の涙をこぼした。

弟子たちはもう立派に育っている。今は混乱してそんなことを言っているだけ。

すぐに立ち直り、世界のために働いてくれるだろう。

俺は弟子に恵まれた。そして、

「……死に場所、死に時にも恵まれた。ああ、まったくいい人生だった」

四人の弟子たちの泣き声を聞きながら、俺の意識は消えていった。

……

…………

……………………

「お疲れさまでした。エデルファス・ヴォルムスさん」

どこからか声がする。知らない声だ。

「私ですか？　私は神です。麗しくて心優しい女神です」

幻聴だろう。死ぬ間際に見る夢のようなものに違いない。

そうでなければ悪魔の声だ。

「失礼な！　悪魔などではありません」

悪魔はみんなそう言うのだ。

「せっかくあなたの人族への貢献を認め、神の座に迎えるためにやってきたのに……」

神？　悪魔の間違いだろう？　耳あたりのいい言葉は、まず嘘、騙り。

それが人族にしては長い百二十年の人生で学んだことだ。

「もー、信じてませんね。神になれるんですよ？　嬉しくないんですか？」

あまり。

「えー。神になればいろいろできることが増えますよ！　まあ、制約も……」

制約？

「……まあ、それは置いときましょう。些細なことです」

制約こそ、一番聞きたいことだが……。

「人族の身でやり残したこと、思い残したことなどないのですか？」

子供はいないが、子供代わりの弟子たちが立派に育ってくれた。

思い残すことはない。満足だ。

「厄災の獣を倒すのが目標だったのでは？　私はずっと見ていたので知っていますよ」

……ほんとによく見てるんだな。悪魔とは恐ろしいものだ。

「ですから、悪魔ではなく女神です！　麗しくて、可愛い綺麗な女神ですよ！」

お前が女神かどうかは置いておいて、最後に厄災の獣を消滅させることができた。

だから、もう満足だ……。

「一時的に厄災の獣は眠りにつきましたね。ですが近いうちに復活しますよ」

え？　復活するのか？　え？　消滅したんじゃ？

「え？　じゃないですよ。厄災の獣も神の一柱ですからね。そう簡単に滅せませんよ」

…………

「……でもでも！　でも！　人族でありながらあそこまでやれたのは本当にすごいです」

…………俺のしたことは無意味だったのか？

「無意味なんかじゃないです。しばらくは厄災の獣は大人しくしているでしょうし」

なんということだ。

「だからこそ、エデルファスさん、あなたは神の座に手を届かせたと判断されたわけですし」

……………

「あとのことは神になってから考えましょう？　まあ、最初は私の弟子神からですが……」

少し考えさせてくれ。気が散る。

「はいはーい。ここは時間の流れが外とは違いますからね。いくらでも考えていいですよ」

随分と軽い悪魔だ……。

「だから、悪魔じゃないですって」

雑音を排して考える。

「雑音ってなんてこと――」

集中すれば、自称女神こと悪魔の声は聞こえなくなった。

厄災の獣は人族の敵だ。だが、それ以上にその討伐は俺の人生をかけた目標でもあったのだ。

あいつがまたのさばるのかと思うと、ものすごく悔しい。

「自称女神！　この際、お前が悪魔でもかまわん！」

「おっと、やっと私に呼びかけてくれましたね！」

その言葉と同時に、俺の目に自称女神の姿が映った。

それは、とても美しい少女の姿だった。

自分から呼びかけないと、いや見ようとしないと見えないものなのかもしれない。

「エデルファスさん。やっと神になる気になりましたか？」

「俺は厄災の獣を倒したいんだ。そのためなら神とやらにもなってやる！」

「え……。それはちょっと」

自称女神は困ったような表情を浮かべる。

「まさか、できないのか？」

「制約がありまして……」

そういえば、先ほど自称女神は制約があるようなことを言っていた。

「詳しく教えてくれ」

自称女神が言うには、厄災の獣は神、正確には元神なのだ。

神としての力を保持したまま、堕天した呪われし獣。

そして地上において神の力がぶつかれば、大地の方がもたない。

「それじゃ、意味がないじゃないか」

俺は厄災の獣を倒したいと強く願っている。

だが人族のために倒したいというのが動機の出発点でもある。

厄災の獣のために大地を犠牲にしては意味がない。

「神は地上に直接介入することはできません」

「神が地上に力を及ぼすには、人族など地上の生き物を介す必要があるということだな？」

「はい。基本的にはその理解であっています」

「俺の弟子にも水神の愛し子がいたな」

「はい、でもそれだけではありませんよ？」

「というと？」

「勇者は聖神の、戦士は剣神の、魔導師は魔神のお気に入りです」

「そうだったのか……。俺の弟子たちは神のお気に入りだったのか」

道理で最強の弟子たちだったわけだ。

「そして、エデルファスさん、あなたは私のお気に入りです！」

「あ、いえ。そういうのはいいので」

気を使ってもらっても別に嬉しくない。逆に困る。

「ということは、厄災の獣をどうにかする手段は俺にはもうないのか」

「……ないことはないです」

「詳しく教えてくれ」

女神はまた説明してくれた。

神としてではなく、人族として地上に戻ればいいのだという。

「いわゆる転生というやつですね」

「ならば、それを頼む」

「条件があります」

「なんだ？」

「転生後。神の意思を大きく外れた非道な行いをしないこと」

「無論だ。そんなことはしない」

「そして、第二の生を終えた後、今度こそ神になること」

「わかった。やむをえまい」

「そして最後にもう一つ。これは条件というより親心みたいなものですが……」

「なんだ？」

「転生前に神の世界で修行してもらいます。そうでもしないと厄災の獣には勝てませんから」

「強くなれるなら望むところだ」

「地上とは時間の流れの異なるこの世界で、極限まで修行してもらいますからね！」

そう言って、女神は笑った。

そして気の遠くなるほどの時間を修行に費やすことになった。

女神だけでなく魔神、剣神、戦神、水神、炎神、風神、雷神、竜神。

数多（あまた）の神から修行をつけられることになったのだった。

2、賢者は転生しました

神々のもとで修業した後、俺は前世の死後百年経った世界に無事転生した。

「ちゃんと魔王こと厄災の獣の復活に全盛期が重なるように調節しておきますからね！」

そう言って、女神がどや顔をしていたのは覚えている。

ウィル・ヴォルムス。それが俺の新しい名前だ。

前世のエデルファス・ヴォルムスの遠縁の子孫らしい。

俺が前世の記憶を思い出したのは、つい先日、八歳の誕生日のことだった。

あまり幼い脳に前世の記憶を詰め込むのはよくないらしい。

そんなことを、あの女神が言っていたと記憶している。

それ自体はいい。八歳からでも身体と魔力を鍛えるのに遅いということはない。

厄災の獣の復活時に合わせて、全盛期に持っていくことは可能だろう。

神々との修行で、俺の潜在能力は限界突破している。

加えて地上における身体と魔力の効率的な訓練法も神々から教えてもらった。

今から訓練すれば、前世の力を超えることはそう難しくないだろう。

今の俺は神々の弟子であり、使徒らしい。

「神々の使徒として立派なふるまいをするのですよ！」

とか女神が言っていた気もする。


そして今、神々の使徒である俺は王都にあるヴォルムス本家の広い屋敷に雑巾をかけていた。

「掃除しながら訓練もすればいいか……」

「なに、とろとろしてんだ！　ただ飯食らいが！」

俺は背中を思い切り蹴飛ばされた。

真面目に掃除をしているにもかかわらず、ただ飯食らいとは心外だ。

犯人はヴォルムス本家の次男、十二歳のバカ息子だ。

殴り返してもいいのだが、可愛い妹が俺の見てないところでいじめられたらかわいそうだ。

だから、適当に謝っておく。処世術というやつだ。俺が腹を立てる価値すらない。

「あ、すみません。すぐ終わらせますんで」

「ふん！　どうして父上はこんな役立たずを引き取ったんだ！」

俺に跡取りの座を脅かされるのを恐れているのかもしれない。

まったくもって杞憂である。

記憶が戻る前からこの十二歳児のことをなぜか怖いと思わなかった。

記憶がなくとも、魂が前世と俺の能力を覚えていたのかもしれない。

俺は悪ガキを無視して雑巾がけに戻る。さっさと終わらせて妹と遊んでやりたい。

俺の反応がつまらなかったのか、バカ息子は悪態をつきながら去っていく。

「ままならないものだなぁ」

二年前、優しかった両親が事故で亡くなった。

同時に俺は幼い妹サリアと一緒にヴォルムス本家に引き取られたのだ。

それからは満足な食事も与えられず、子供の割に過酷な労働を課せられていた。

食事に関しては自分で確保してもいるので、妹も俺も飢えてはいないから問題ない。

記憶を取り戻した今となっては逃げてもいいのだが、可愛くて幼い妹を置いてはいけない。

それにヴォルムス家は大貴族だ。楯突くと社会的にいろいろ面倒なことがある。

「俺には子供はいなかったはずなんだがな……」

従弟の系譜が本家となって大層偉くなり、大貴族として威張っているらしい。

「この調子だと、あの弟子たちもクズに……、いやあいつらはしっかりしているはずだ」

信じているぞ。俺は心の中で記憶の中の可愛い弟子たちを思い浮かべる。

どうやら、俺の弟子、四人はまだ生きているようだ。

ただの人族だった俺も百二十歳まで生きたのだ。

百年前に二十歳前後だった弟子たちが今も生存していても何の不思議もない。

弟子たち四人で賢人会議というものを構成し、救世機関という組織を指揮しているらしい。

王や教皇すらしのぐ権力と権威を持ち、厄災の獣の復活に備えているのだという。

俺には厄災の獣は消滅したと弟子たちは言った。

恐らく、死ぬ間際の俺に真実を言えなかったのだろう。

そんなことを考えながら、手を動かしていく。

並の使用人より丁寧で速い雑巾がけだと我ながら思う。

意外と掃除自体は嫌いではないのだ。綺麗になっていくのは気持ちがいい。

それに掃除しながらでも身体と魔力を鍛えることは充分できる。

訓練と掃除に熱中していると、俺の八歳の小さな身体に誰かが躓いた。

躓いたというより、わざと当たりにきたといった感じの動きだった。

「痛ってえな、おい！」

「あ、すみません」

俺に躓いたのはヴォルムス本家の長男、十五歳のガキだ。

ヴォルムス本家のやつらは才能もなければ性格も悪い。どうしようもない。

「どこ見て掃除してんだ、このクソガキが！」

「すみません」

悪いのは向こうだと思うが、適当に謝っておく。処世術というやつだ。

「なんだ、その反抗的な目は！」

――ガシ
理不尽に殴られた。痛くはない。

戦闘魔術で名をなしたヴォルムス家の者なら少しは鍛えるべきだと思う。

「ご気分を害したのなら申し訳ありません」

「なに賢しらぶってるんだよ！」

なぜか激高して俺のことをボコボコ殴り始めた。めそめそ泣かないのがむかつくのだろう。十五歳にもなって八歳の子供を本気で殴るとは。大人げないにもほどがある。

「お、おやめください。ウィルさまが死んでしまいます！」

家臣の一人が慌てて止めに入った。

俺はヴォルムスの家名を持つので、家臣の中にはさま付けしてくれる者が少なからずいる。正直、まったくダメージは入っていない。だが十五歳が本気で八歳児を殴っているのだ。はたから見れば命にかかわるように見えるのだろう。

「はあ？　こいつに『さま』をつけるな！」

「……申し訳ありません」

俺をかばったせいで、優しい家臣が叱られてしまった。将来恩返ししようと思う。

家臣たちにはいいやつが多い。俺や妹にこっそりご飯を分けてくれたりする。

ヴォルムス本家のクズどもが見ていないときは、仕事を手伝ってもくれるのだ。

「ちっ！　胸糞悪いぜ！」

バカな息子はそう言って雑巾用の水が入ったバケツを蹴っ飛ばしてひっくり返した。

汚れた水が周囲に広がる。せっかく俺が掃除したというのに腹立たしい。

「さっさと綺麗にしろ！」

「……了解しました」

「チッ！　むかつくガキだ！　さっさと死ね！」

そう言って最後にもう一発、俺の頬を拳で殴って去っていった。

もちろん俺はダメージを受けたようなふりをして、大げさに吹っ飛んで床に転がっておく。

上手に魔力で頬をガードして、身体をギリギリのタイミングで後ろにそらすのだ。

手ごたえがなさすぎると、ばれてしまう。

ばれないようにするには、繊細な魔力と身体の動きが必要になる。訓練にちょうどいい。

十五歳児が立ち去ると、家臣たちが駆け寄ってきて言う。

「ウィルさま、大丈夫ですか？　お怪我の治療をいたしましょう。こちらに……」

「いえ、怪我はしていないので大丈夫です」

「まさか、そんなわけ……」

そう言って家臣たちは俺の身体を調べ始める。そして本当に怪我がないことに驚いた。

「あれほど殴られたのに……。一体どうなっているのですか？」

「えっと、……父に体術を習っていましたので」

「なるほど、さすがはクルジアさまとマリアさまのお子さまですね」

クルジアは俺の父、マリアは母だ。

「クルジアさまは体術も魔法もすごご腕でしたからね」

「マリアさまも素晴らしい体術の使い手でした」

そう言って家臣たちはうんうんとうなずいている。どうやら納得してくれたようだ。

それぐらい、俺の両親の体術を家臣たちは信用していたのだろう。

その間に、ほかの家臣たちが十五歳児がぶちまけた汚水を掃除し始めていた。

「あ、後始末は俺がやります。皆さんにもお仕事があるでしょう？」

俺がこぼれた水を綺麗にしようと雑巾を手に取ると、

「ここは我らにお任せください。御曹司たちはどこかに行きましたから」

そう言って家臣たちは優しく微笑（ほほえ）んだ。

戦闘魔術で名をなしたヴォルムスの家臣たちは、全員ひとかどの武人たちだ。

その誇り高い彼らが、本来の仕事でもないのに床にはいつくばって汚水を雑巾で拭き始める。

申し訳ない気持ちになった。

「そんな、俺がやりますよ」

「いいですから、いいですから。ウィルさまはこっちで休んでいてください」

「いえ、ですが……」

「子供に労働させるのは健全じゃないですから、お休みください」

そんなことを言いながら、家臣の一人がやや強引（ごういん）に俺を休憩室へと連れていく。

休憩室には、三歳の可愛い妹サリアとペットの犬ルンルン、それに数人の家臣がいた。

「あにちゃ！」

サリアは大喜びでルンルンの背に乗って近寄ってくる。ルンルンの尻尾（しっぽ）もゆっくり揺れていた。

「サリア、いい子にしてたか？」

「してた！」

どうやらサリアは家臣たちとルンルンに遊んでもらっていたようだ。

俺はサリアをルンルンの背から抱き上げる。サリアは栗色の髪を俺の胸にくしくしと押し付ける。

甘えているのだろう。俺はサリアの柔らかい髪をやさしく撫でた。

「ルンルンは、いつもいい子だな」

「わふ」

嬉しそうに尻尾を振る。

ルンルンは銀毛のとても大きな犬だ。体高が俺より大きいぐらいだ。

歳は八歳。俺が生まれた日、俺の生まれた屋敷の庭に迷い込んできた子犬だ。

ちなみにいまだに成長している。謎な犬だ。餌も自分で獲ってくる。

俺たちに獲った鳥や小動物をよく分けてくれるほどに、狩りがうまい。

御曹司たちは何度も捨てようとしたが、いつの間にか戻ってくるのであきらめたようだ。

最近、昼間はルンルンにサリアの護衛をしてもらっている。

おかげで御曹司たちもサリアをいじめることはできないので非常に助かる。

ルンルンを撫でていたわった後、俺は家臣たちに頭を下げた。

「サリアのこと、いつも面倒見てくださってありがとうございます」

「なんもなんも！　クルジアさまとマリアさまのお子様ですからね」

そして、家臣たちは遠い目をして語り始める。

「クルジアさまは、それはもうご立派なお方で……」

「ああ、身分の低い者にも分け隔てなく接してくれました。本当によくできた方でした」

「魔法の才能もずば抜けていましたよ」

「私たちもよく指導していただきました」

俺やサリアに家臣たちが同情的なのは、父のおかげらしい。

「本当なら、クルジアさまがこの家を――」

「やめなさい！」

家臣の一人が口を滑らせかけて、年長の家臣に慌てて止められていた。

俺は聞かなかったことにする。

だが、俺は何を言いかけたか、すでに知っている。

様々な世間話を総合すれば、事情を把握するのは難しくない。

伯父（おじ）と、父クルジアは、かつてどちらが当主になるかもめたらしい。

最終的に妻の実家の力で現当主が勝ち、父は辺境に飛ばされた。

そして、魔物の大発生から領民を守るために死んだのだ。

ヴォルムス家の後継者問題に、俺の前世の弟子たちは口を出さなかったのだろうか。

そもそも、弟子たちは一体今どういう状況なのだろう。会ってみたい。

だから、俺は家臣に雑談の途中で尋ねてみた。

「賢人会議の方々には、どうやったら会えますか？」

「さあ……我々下々の者たちにはどうすればいいのか、想像もつきません」

「恐らく御当主様でも、容易くは会えないと思いますよ」

御当主様というのは、ヴォルムス家の現当主、俺の伯父で十五歳児たちの父のことだ。

「勇者の学院に入って優秀な成績を修めれば救世機関に入れますし、その時に会えると思います」

「勇者の学院？」

「次代の勇者を見出して育成するための学校ですよ。賢人会議のみなさまが作られたのです」

俺の弟子たちが作ったということは、魔王である厄災の獣対策の一つだろう。

弟子たちは真面目にしっかりと働いているようだ。何よりなことだ。

俺は家臣たちに学院について詳しく話を聞いてみた。彼らも武人だけあって詳しかった。

勇者の学院に入るには、非常に難しい入試を突破せねばならないそうだ。

その代わり学費はかからず、在学中の生活費も支給されるという。

「生活費ももらえるのですか？」

「はい。ペットも連れていけますし、家族も数人なら一緒に寮に住めますよ」

それならば、サリアとルンルンと一緒に暮らすこともできそうだ。

そして勇者の学院の試験に落ちても、成績次第で別の学校に入学できるのだという。

「別の学校というと、どのようなものが？」

「賢者の学院とか騎士の学院とかですね」

前世の常識では、賢者の学院も騎士の学院もスーパーエリートの行くところだった。

ちなみに前世の俺は賢者の学院出身である。

その賢者の学院が滑り止め扱いされるほどの難関ということだろう。

「クルジアさまのお子様であるウィルさまなら、勇者の学院でも余裕ですよ！」

家臣たちは期待に満ちた目でこちらを見てくる。

「余裕かどうかはさておき、入学試験は受けてみようと思います」

俺がそう言うと、家臣たちはとても嬉しそうにうなずいた。

勇者の学院の入学試験を受けることに決めたものの、まだ確かめることがあった。

だから俺は家臣たちに尋ねる。

「年齢制限とかって……」「ふんふん」

「基本ありませんね。同じ人族でも大人になる年齢は種族によりますし」

「そうなのですね」「はっはっはっはっふんふん」

会話を続けようとしているのに、ルンルンがしきりに俺の匂(にお)いを嗅(か)いで顔をなめる。

とても大きいルンルンは後ろから俺の両肩それぞれに左右の前足を置いている。

「ルンルン。後で遊んであげるからな」

「わふ」

俺は肩からルンルンの前足をおろさせる。

すると、今度はサリアの匂いを嗅ぎ始めた。

「るんちゃ」

「わふ」

サリアは右手で俺にしがみついたまま、左手でルンルンを撫で始めた。

それを見て、俺は家臣たちとの会話に戻る。

「八歳でも受験できるのは助かります」

「我ら、ただの人間族は十五から三十歳ぐらいで受けるのが一般的ですけどね」

「それでも、ウィルさまなら大丈夫でしょう。私が保証します！」

なぜか家臣たちの俺への評価が高い。俺はさらに学院について聞いてみる。

「十五歳はわかりますが、三十歳は意外ですね」

「賢者の学院や騎士の学院を卒業してから受験する者も多いんですよ」

「ああ、なるほど」

とにかく年齢制限はないらしい。懸念(けねん)事項は一つ減った。

そんなことを話している間、俺はサリアをひざの上に抱いていた。

サリアはずっと大人しく俺にひしっと抱きつきながら、ルンルンの頭を撫でている。

「年齢制限は大丈夫として、私はまだ子供です。御当主が許可をくれますかね？」

「子供でも本人の意思があれば、問題ありません」

「御当主が怒って圧力をかけたりとかは？」

俺がそう尋ねると、家臣は微笑んだ。

「勇者の学院を運営しているのは救世機関です。そして救世機関のトップは賢人会議です」

「国王陛下よりも権力があり、教皇猊下より権威があるのが賢人会議ですからね」

「それは心強いですね」

いくら大貴族でも、救世機関を統率する賢人会議には逆らえないということだろう。

「御曹司たちにばれないよう願書さえ出せれば、あとは大丈夫です」

「願書は私たちが責任もって届けておきますよ」

「よろしくお願いします」

俺は家臣たちに頭を下げた。

実はヴォルムス家の当主は、この屋敷にはいつもいない。

というよりも、いつも王都にすらいない。どこで何をしているのか俺は知らない。

家臣たちに聞いたら、御当主様はお忙しいのですと言うばかりだ。

まあ、どうでもいい。


それからしばらく家臣たちと雑談をしていると、慌てた様子で家臣の一人が走ってきた。

「御曹司が帰ってこられました」

「あ、それでは、俺はこれで……」

俺が休憩室にいることが知られれば、家臣たちが叱責されてしまう。

「申し訳ありません」

「いえ。サリアのことよろしくお願いします」

「はい。お任せください」

家臣たちは俺に向かって深々と頭を下げる。俺も頭を下げ返す。

それから、俺は抱いていたサリアをルンルンの背に乗せた。

サリアが笑顔で手を振ってくれる。

「あにちゃ。またね！」

「サリア、いい子にしてなさい」

「あい！」

ルンルンは寂しそうに俺の匂いを嗅いでくる。

「ルンルン、サリアを頼むぞ」

「わふ」

ルンルンからは、サリアのことは任せろという強い意思を感じる。

俺はルンルンの頭をわしわしと撫でておく。

それからもう一度、家臣たちに頭を下げて、休憩室から外に出た。

そして、先ほど雑巾がけしていた場所を確認する。すっかり綺麗になっていた。

俺の代わりに掃除をしてくれた家臣たちには感謝しかない。

御曹司に見つかれば、また変な仕事を言いつけられるだろう。

今のうちにどこかに行くことにした。

「ルンルンはいないが……。適当に鳥でも捕まえておやつにするか」

俺は王都の外に行って狩りをすることに決めた。

「おい、クソガキはどこだ！」

御曹司、十二歳児のわめく声が聞こえた。見つかったら面倒だ。

俺は魔力を隠すことで気配を消した。

人を含めたすべての生物は魔力を持っている。

そして、持っているはずの魔力を隠すと、存在感や気配を隠すことができるようになる。

ほとんどの生物の持つ魔力は極々(ごくごく)微量なものだ。

恐らく無意識下で生物は魔力をなんとなく感じ取ることができるのだろう。

「おい！　クソガキ！　出てこい！」

俺は魔力を抑えたまま屋敷から庭へと出て、ヴォルムス本家の敷地を囲む塀を飛び越えた。

塀の高さは三メートルはあるが、魔力を使って肉体強化すれば飛び越えられる。

魔力を抑えたまま、魔力を体内で練って肉体を強化するのは至難(しなん)の業(わざ)だ。

だからこそ、よい訓練になるというものだ。

ちなみにメートルというのは神々が使っていた長さの単位だ。

俺はよく知らないが、星の大きさを基準にしているらしい。

屋敷の方では十二歳児が騒いでいるが、俺は無視して王都の外に向かって走る。

門を通って外に出ることはできない。

八歳児が一人で王都の外に出ようとすれば、衛兵に保護者を呼ばれてしまうだろう。

俺は王都を囲む高い岩の壁を越えることにした。その高さは十メートル。

魔力を抑えたまま、壁のわずかなでっぱりや継ぎ目に手をかけて素早く登っていく。

当然ながら、八歳児の肉体では魔力強化なしでは不可能な動きだ。

指先に魔力を集めて、腕や足にも魔力を流す。

王都の壁の上にあがると、衛兵がゆっくりと巡回していた。

見つからないよう気を付けながら、外側に向けて飛び降りる。

着地の瞬間、魔力を足に多めに集めつつ、全身にも魔力を流し、転がるように衝撃を吸収した。

「よし、無傷で脱出できたな」

鍛錬の成果が出ているようだ。

それから近くの森へと走り、獲物を探す。

王都近くには大きな獣がほとんどいない。鳥を捕まえられたら御(おん)の字だ。

サリアもルンルンも鳥肉は大好きだ。家臣たちにもおすそ分けしたい。

多めに捕まえた方がいいだろう。

狩りも訓練の一環だ。

俺は気配を消して、三十メートルぐらいの距離まで鳥に近づいていく。

そして石を拾って、魔力を集めた右手の親指でそれをはじき飛ばした。

鳥めがけて石は高速で飛んでいく。

「よし」

鳥にちゃんと命中し、仕留められたようだ。

この方法は肉体と同時に魔力量と魔力コントロールを鍛えられる。

とてもいい訓練方法と言えるだろう。

それを繰り返して三羽の鳥を狩ったとき、遠くの方から剣戟（けんげき）の音が聞こえてきた。

3.森での事件

剣戟の音とは穏やかではない。

俺は捕まえた鳥を腰につるすと、音のした方へと走りだす。

何事もなければそれでよし。何か困っている人がいるのならば助けてやりたい。

近寄る前に魔力を抑え、気配と存在感を隠すのは忘れてはいけない。

音の発生源から少し離れたところ、三十メートルぐらいの距離をとって俺は足を止めた。

そこには、つばの広い黒い三角帽子に黒っぽい服を着た少女がいた。

古風な魔女の装束である。

そしてもう一人、その少女をかばっている一人の中年男がいる。

二人は、三人の覆面の者たちと対峙していて、周囲には九人の男たちが倒れていた。

「俺はそう簡単にはやられんぞ」

「…………」

中年男は傷を負いながらも、覆面の者たちに剣の切っ先を向けている。

覆面の者たちは言葉を発しない。隙をゆっくりとうかがっていた。

中年男はなかなかの力量に見えた。隙がない。

本当に簡単にはやられなさそうだ。

だが、服装から判断するに、倒れている九人の男たちは中年男の仲間だろう。

十一対三で始まった戦闘が、今では二対三になっているのだ。

中年男が負けるのは時間の問題だ。

「ここは私に任せてお逃げください！」

中年の男が叫ぶ。後ろにいる少女を逃がそうとしているらしい。

ローブを着た少女は震えながらも、杖を構えて覆面の者たちをにらみつけている。

「みんなに治癒魔術をかけなければ死んでしまうわ！」

「それがやつらの狙いです！　だからとどめを刺してないんです」

どうやら、九人の男たちは死んでいないようだ。

あえてとどめを刺さずに、中年男と少女が逃げないよう足かせにしているのだろう。

「そうだとしても！　すぐに治癒魔術をかけないと助からないのは一緒でしょ！」

少女の気持ちはすごくわかる。

敵の思う壺だとしても、治癒魔術をかけないと仲間が助からない。

だからこそ、逃げられないのだ。

だが、中年男はきつい口調で叫ぶ。

「王都はすぐそこです！　逃げ込んで助けを呼んできてください！」

「わたくしだけ逃げるわけにはいかないわ」

「それが一番、全員の生存確率が高くなるんです！　私を助けると思って逃げてください」

強く言われて、少女は意を決して走りだす。だが、覆面の一人が回り込んだ。

「させるか！」

中年男が少女をかばうように動くが、それも覆面の者たちの狙いだったようだ。

別の覆面男が、中年男を背中から斬りつける。

「ちぃっ！」

中年男が背後に向けて剣を鋭く振るが、覆面男たちはさっと距離をとった。

「うぅ……」

一連の攻防で少女は足を浅く斬られたようだ。致命傷ではないが走るのは難しいだろう。

俺は覆面の者たちの基本作戦を理解した。

味方をすべて見捨てて覆面たちを倒すことに専念すれば、中年男は互角以上に戦えるのだろう。

そのぐらい中年男の力量は高い。

だからこそ、足手まといになるように、あえて九人の男たちは生かされているのだ。

倒れている仲間を攻撃するそぶりを見せるだけで、中年男は対応せざるを得ない。

覆面の者たちは、その隙を巧妙に突く。

浅く傷つけ、少しずつ弱らせていく。

中年男が、敵を一人ずつ仕留めようとするなら、狙われた者は一気に距離をとる。

そうなれば中年男は追えない。

この場を離れれば、倒れている者たちや少女が攻撃にさらされるからだ。

このままでは、じきに中年男も倒れるだろう。

そうなれば少女も九人の男たちも死ぬ。

「なるほど。まるで熟練の狼の群れによる熊狩りだな」

だから、あえて声を出して存在をアピールしながらゆっくり近づいていく。

「…………」

覆面の者たちは無言のまま警戒した様子でこちらをうかがう。

それは無視して中年男に笑顔で話しかける。笑顔なのは警戒されないようにだ。

「事情は知らないが、助太刀しよう」

「君は？」

中年男がいぶかし気に、こちらを見る。

「通りすがりの八歳児だ」

そして、俺は少女に声をかける。

「君は治癒術師だろう？　治療に専念してくれ」

「でも……」

戸惑った様子でこちらを見てくる。少女が戸惑う気持ちはわかる。

治癒魔術を使おうとしたら、覆面たちに妨害されてきたのだろう。

「安心しろ。妨害はさせな――」

会話の途中で、俺の背後から覆面の一人が右手の短剣で襲い掛かってきた。

なかなか鋭い身のこなしだ。気配を消すのもうまい方だ。

熟練の暗殺者である。

「だが、遅い」

俺は振り返らずに、左手で背後にいる覆面男の右手をつかむ。

「――ッ！」

覆面男は、声を出さずに驚いている。

「戦闘中に驚いているようでは、まだ二流だ」

つかんだ覆面の腕を力任せに振り回し、もう一人の覆面の男めがけて投げ飛ばす。

同時にもう一人の覆面との間合いを一気に詰めた。

「まず一人」

覆面の顔面にひざを叩き込んだ。

魔力で脚力を強化し、一気に加速した勢いのまま、叩き込んだのだ。

いくら八歳児の俺の体重が軽いとはいえ充分な威力になる。

――ゴガンッ！

覆面に隠された顔の骨が砕ける音が響いた。死んではいないだろうが、もう動けまい。

次の覆面を仕留めるために、振り返ると、

「……早いな」

中年男がすでに二人を倒し、とどめを刺していた。

「君が投げ飛ばしてくれたおかげで隙ができた。ありがとう」

確かに隙はできたと思う。

だがそれを見逃さずに敵を倒すというのはそうできることではない。

やはり中年男はなかなかのすご腕だった。

「手伝えたようでよかった。後は任せる」

「ああ。わかっている」

中年男は俺が顔面の骨を砕いた覆面を捕縛しに動いた。

そして俺は少女を見る。

少女は自分の怪我(けが)を放置して、倒れた男の中で一番重症の者に治癒魔法をかけていた。

少女も若いのに、なかなかの治癒術師のようだ。

だが治療の効果はあまりあがっていない。

「君自身が血を流したままだ。先に自分を治癒すべきではないのか？」

「わたくしの傷はかすり傷。でも、この者たちは……」

確かに重症度は男たちの方が上だ。だが、怪我をしたままでは集中力の維持が難しい。

治癒魔術の威力や成功率が下がってしまう。

「治癒術師の安全は最優先すべきことだ。そうしないと救える者も救えなくなる」

「でも……」

「気持ちはわかる。だから君の怪我を治してやろう」

俺の言葉に、中年の男が目を見開いた。

「少年、君は格闘家ではないのか？」

「格闘家でもあるし、治癒術師でもある」

神々との修行で治癒魔法も教えてもらっていた。

「ではいくぞ」

「ま、待って！　干渉が……」

治癒魔術を発動中の治癒術師に、別の者が治癒魔術をかけると干渉と呼ばれる現象が起こる。

干渉が起こると、治癒魔術は失敗してしまう。

ただの不発で済めばいいが、効果が反転したり小爆発を起こしたりすることもある。

それゆえ、非常に危険な行為とされている。

「安心しろ。そんなへまはしない」

治癒魔術の干渉と呼ばれている現象は、魔力の流れが互いに邪魔をし反発しあうから起こるのだ。

魔力の流れを完全に把握して、邪魔しないようにすればいい。

それだけのことで干渉は起こらなくなる。

俺は注意深く治癒魔術を少女にかける。

「これでよしっと」

一瞬で少女の怪我が完治した。

「え？　いったい、どうやったの？」

「魔力の流れを読めばいいだけだ。ついでだ、ほかの者たちも治療しておこう」

俺は倒れている九人の体内の魔力の流れを読んでいく。

どのような怪我をしているか調べるためだ。

ほとんどの治癒術師はこれをしないが、適切な治癒魔術を行使するには大切なこと。

水神が教えてくれたことの一つだ。

「ふむ。毒が使われてるな」

「えっ？　毒ですって？　何の毒か調べないと……」

「少し待ってくれ。今調べる」

中年男が覆面男たちの武器を調べ始めた。武器に毒が塗られていたと判断したのだろう。

「時間がない。毒の種類は後で調べてくれ」

そろそろ太陽が西に沈みそうだ。よい子の八歳児の俺としては帰宅しなければならない。

「だけど、毒の種類を調べないことには解毒（げどく）もできないわ！」

魔力の流れをきちんと読んでいれば、毒の種類が何かはともかく、その作用はわかる。

作用がわかれば、どういう解毒魔法をかければいいのかもわかる。

それを説明したいところだが、俺には時間がない。

それに九人の苦痛を早く取り除いてやりたい。

俺は治癒魔術と解毒魔術を倒れている九人に同時にかけた。

見る見るうちに傷がふさがり血が止まる。解毒効果で顔色も改善していく。

「回復と同時に解毒まで⁉　しかも九人同時？　そもそも手を触れずに治癒魔術を使うなんて……」

「練習すれば、君もできるようになる」

「……そんな水神の愛し子さまのようなこと、わたくしにできるわけが……」

水神の愛し子。

前世の俺の弟子の一人だ。懐かしい。

少女には才能がありそうだ。色々教えてやりたいのはやまやまだ。

だが、八歳児の俺には時間がない。助言だけ与える。

「練習次第だ。あいつだって最初からできたわけじゃない」

「あいつ？」

「いや、何でもない」

口を滑らせかけた。俺の前世がエデルファスというのは、明かすべきではないだろう。

「少年、何から何まで助かった。君は俺たちの命の恩人だ」

「気にしなくていい。たまたま通りかかっただけだからな」

「ぜひ、お礼をさせてくれ」

「その必要はない。じゃあ、気を付けて帰ってくれ」

俺が走りだそうとすると、少女が慌てた様子で言う。

「待って！　せめてお名前を聞かせて――」

「名乗るほどの者じゃない。じゃ！」

そして、引き留める声を無視して、俺は王都に向かって走りだした。

4. サリアの気持ち

Hassai kara hajimaru Kamigami no Shito no Tensei Seikatsu

少女と中年と別れた俺は気配を消して森の中を走っていく。
「少し時間がかかったな」
それでも後悔はない。
事情も素性も聞いていないが、少女たちは悪人には見えなかった。
仲間を見捨てず助けようとする姿勢は大好きだ。
上機嫌で森の中を走っていると、何者かに追われていることに気が付いた。
気配を消しているのに追われるとはどういうことだろう。
俺は誰に追われているのか探るために慎重に様子をうかがう。
「ピギッ！」
それは綺麗な青色のスライムだった。
大きさは直径〇・二メートルぐらい。比較的小さなスライムと言えるだろう。
その小さなスライムが一生懸命鳴きながら、俺を追いかけてきている。
今の俺は全力で走っているわけではない。それでもかなりの速さだ。
普通のスライムの速度ではない。

どうしても気になって俺は足を止めた。

「お前、どうした？」

「ぴぎぴぎっ！」

スライムは俺の周りを、何かを伝えたそうにぴょんぴょんとはねている。

スライムらしからぬ動きだ。本来スライムは下等で知能の低い弱い魔物なのだ。

「ふむ」

俺がスライムをじっと見ていると、フルフルし始めた。

なんだか「ぼくは悪いスライムじゃない」と伝えているように感じる。

「一緒に来たいのか？」

なぜかスライムの気持ちが少し伝わってくる気がするのだ。

なぜかはわからない。

「ぴぎ！　ぴぎっ！」

スライムは仲間になりたそうにこっちを見ている……、気がする。

「まあ、いい。一緒に来るか？」

「ぴぎっ！」

スライムは嬉しそうにフルフルすると、ぴょんと俺の肩に飛び移った。

なんとなく悪いスライムではないと本能が告げている。

もし悪いスライムだったら、俺が責任をもって退治すればいいだろう。

「一緒に来てもいいが、しばらくは俺から離れるなよ？」

俺の見ていないところで悪いことをされたら困る。

「ぴぎっ!!」

スライムは「もちろんだ！」と言っている気がした。

俺はスライムを肩に乗せたまま、王都へと走った。

王都の壁を飛び越える前にスライムに言う。

「人に見られないように服の中に隠れていてくれ」

「ぴぎぃ」

スライムは一声鳴いて俺の服の内側にもぞもぞと入っていった。とても従順だ。

従魔を連れている冒険者もいるので、街中に魔物を連れて入ること自体は違法ではない。

だが、八歳児が魔物を連れていたら話は別だ。衛兵が事情を聞きにくるだろう。

ヴォムルス家の家臣たちにもスライムの存在は隠しておくことにした。


その日の夜は捕まえた鳥の肉を焼いてみんなで食べた。とてもおいしかった。

そして、食事の後、俺はいつものように馬小屋で毛布にくるまり寝ようとしていた。

スライムは俺の枕（まくら）の横でフルフルしていた。

そして、俺はルンルンに呼びかける。

「ルンルン、寝るぞ」

「わふ」

いつもなら駆けてくるルンルンが馬小屋の入り口近くで外の方を向いてお座りしている。

ちなみにルンルンは、嗅覚が鋭いのですぐにスライムに気付いた。

だが、警戒することはなかった。馬小屋に戻った後に一生懸命匂いを嗅いで打ち解けたようだ。

「どうした？　ルンルン」

「わふ！」

一声静かな声で吠えると、ルンルンは外へと駆け出した。そしてすぐに戻ってくる。

その背にはサリアが乗っていた。

「サリア、どうしたんだ？」

サリアはまだ小さいので元乳母の家臣に預かってもらっている。

俺が馬小屋で寝ているのは御曹司たちの指示だ。冬は寒いがルンルンが一緒なので大丈夫だ。

それに家臣たちが、御曹司たちの目をごまかしていい毛布を提供してくれてもいる。

「あにちゃと、るんるんといっしょにねる」

「……馬小屋だぞ」

「いっしょにねる……だめ？」

「ダメではないが……。寒かったら言うんだぞ」

「うん」

嬉しそうにサリアはルンルンと一緒に毛布の中に潜っていった。

「あ、ふるふるだ！　かわいい」

「ぴぎっ」

「こいつはスライムっていう生物なんだ。ここにスライムがいることは内緒だぞ」

「わかった！　ふるふるないしょ！」

そう言って、サリアは自分の口を両手でふさいだ。可愛いらしい。

サリアは、しばらくの間、楽しそうにスライムのすべすべの肌を撫でていた。

そんなサリアに俺は尋ねる。

「サリア、どうしたんだ？　おばさんに叱られたのか？」

おばさんとは元乳母の家臣のことだ。

「しかられてない。さりあはいいこだよ」

話を聞くと、今日は俺と寝たいと言って、元乳母の家臣に頼んだらしい。

そして、馬小屋の近くまで送ってもらったようだ。

元乳母の家臣もルンルンが迎えにきたので安心して引き継いだのだろう。

元乳母の家臣には手間をかけさせてしまった。

兄として、明日きちんとお礼を言わねばなるまい。

俺はサリアの頭をやさしく撫でる。

「そうか。サリアはいい子だもんな」「ふんふん」「ぴぎっ」

ルンルンも心配そうにサリアの匂いを嗅いでいる。スライムはフルフルしていた。

叱られてもいないのに、俺と寝たいとなると、何かあったのだろうか。

御曹司どもに泣かされたりしたのなら、許さないところだ。

そんなことを考えていると、サリアが俺にぎゅっと抱きついた。

「あにちゃ……べんきょするために、どっかいっちゃうの？」

「わふ！」

勇者の学院の話をしている間、サリアは俺のひざの上にいた。だから当然聞いていた。

三歳なのに、俺たちの会話をある程度、理解していたらしい。

それで置いていかれると思って寂しくなったのだろう。

サリアの話を聞いたルンルンまでびくっとした。

ルンルンも、俺がどこかに行くと思ったのかもしれない。

そして俺の顔をなめ始めた。ルンルンなりの方法で置いていくなと伝えているのだろう。

「大丈夫だよ。兄はサリアを置いていったりしないから」

「さりあは、あかちゃんじゃないから……。ひとりでもだいじょうぶ」

サリアはそう言って涙を浮かべている。

自分を気遣って、俺が勇者の学院に行くのを躊躇うことのないようにと考えたのだろう。

三歳なのにとても賢くて優しい子だ。そして気を使いすぎだ。

三歳の子供は、もっとわがままを言っていいはずだ。

「心配しなくても大丈夫。俺が勇者の学院に行くときはサリアも一緒だからな」

「ほんと？」

「ほんとだぞ。まあ、試験に落ちる可能性もあるわけだが」

「あにちゃならだいじょうぶだよ！」

サリアは、安心したのか元気になったようだった。

だが、ルンルンはいまだに不安そうに耳をぺたんとさせている。

「わふ……」

「ルンルンも一緒だから安心しろ」

「わふ！」

ルンルンも安心したようだ。尻尾をびゅんびゅんと振った。

毛布がわっさわっさと動くので困る。俺はルンルンの尻尾を手でそっと押さえた。

それからサリアは今日あったことを一生懸命教えてくれた。

「えっとね、えっとね……さりあ、きょうね」

「ふむふむ」

「わふわふ」

年の離れた妹は可愛いものだ。俺が聞いてやると一生懸命話してくれる。

ルンルンも真剣にサリアの話を俺と一緒に聞いていた。

しばらくすると、話し疲れたのかサリアは眠ってしまった。

「ルンルンも、いつもありがとうな」

「わふ」

「なめるななめるな」

ルンルンは尻尾をぶんぶん振りながら、俺の顔をなめまくってくる。

ルンルンの尻尾のせいで、毛布がばふばふと動く。

それでサリアを起こしたらかわいそうだ。

俺は尻尾を優しく押さえて、ルンルンの頭をゆっくり撫でた。

すると、ルンルンはお腹を見せて、腹を撫でろと要求してくる。

しばらく、俺がルンルンのお腹を撫でていたら、

「ふしゅー、ふし」

ルンルンは仰向けの状態で眠りについた。

ちなみにその間ずっとスライムはフルフルしていた。

5. お出迎え

Hassai kara hajimaru Kamigami no Shito no Tensei Seikatsu

それから三日後。御曹司に命じられた俺(おれ)は屋敷のトイレを素手で掃除していた。

使用人用のトイレだ。ヴォルムス家には家臣とは別に家事をする使用人もたくさんいる。

男女両用の個室が合計七つもあるので、一人で掃除するのは少し大変だ。

俺が一生懸命掃除していると、屋敷の入り口の方が俄(にわ)かに騒がしくなった。

音が気になるのか、俺の服の内側に隠れているスライムがぷるぷる動いた。

何か問題が起こったのだろう。

だが俺には関係のないことだ。訓練と掃除に集中する。

前世の記憶が戻ってからは、いつも掃除中に工夫して身体と魔力を訓練するようにしていた。

家事をしながら身体の中の魔力を循環させるのだ。

同時に、身体を動かす際には、逆方向に魔力で負荷をかけていく。

素手でやれ！　と御曹司に命じられたので、それもついでに訓練メニューに加えていく。

手を魔力の膜で覆(おお)って汚物に直接触れないようにする。

これには繊細な魔力操作が求められる。難しいからこそ、とてもいい訓練になる。

「だから！　それはあまりにも勝手じゃねーか！」

長男の御曹司、十五歳児の慌てる声が聞こえた。

「そうだ！　いくら救世機関とはいえ、ここはヴォルムス家だぞ！」

次男の十二歳児の騒がしい声も聞こえてきた。

「苦情は御当主から、賢人会議の方へとお願いします」

冷静な女性、いや少女の声が響く。落ち着いた、だがよく通る声だ。

「だから！　当主が留守の間は俺がヴォルムスの家を預かっているんだ！　勝手な……」

「誤解しないでください。あなたにもヴォルムスの当主にも許可は求めていません」

「――ッ！」

もめている声が、どんどんこちらに近づいてくる。

面倒になりそうだと思いながらも掃除を続けていると、トイレの扉が勢いよく開かれた。

「あなたがウィル・ヴォルムスですね」

金属鎧（よろい）を身に着け帯剣した、真面目（まじめ）そうでとても綺麗（きれい）な少女だった。

「そうだが……、何か用か？」

「ウィル・ヴォルムス、あなたをお迎えにまいりました」

そう言って少女は硬い表情のまま、こちらに向かって手を伸ばした。

その後ろで御曹司どもが騒いでいるのが見える。

俺は少女に尋ねてみた。

「救世機関からだと？　なぜ救世機関が俺を迎えに来るんだ？」

ひょっとして俺が「エデルファス・ヴォルムス」の生まれ変わりだと気付いたのだろうか。

まさかとは思うが、俺の弟子たちならあり得るかもしれない。

そう思ったのだが、少女はあっさりと言う。

「ウィル・ヴォルムス。あなたは勇者の学院に入学願書を提出されたでしょう？」

「確かに出したが……」

正確には家臣に書類をそろえて届けてもらったのだ。俺は記入しただけ。

家臣たちは、本当によくしてくれている。

俺たちの話を聞いていたらしい御曹司の十五歳児が大声でわめき始めた。

「クソガキが！　なに俺の許可なく願書なんて出してんだよ！」

「いい加減にしろ、クソガキ！　そんな願書無効だ」

十二歳児もわめいている。

だが、少女は御曹司たちを気にする様子がまったくない。

ここに俺と少女しか存在しないかのように話を進める。

「入学試験を実施するので、お迎えに参りました」

「……勇者の学院は入学試験を受けるだけで迎えに来てくれるのか？」

俺が前世で卒業した賢者の学院ではそのようなことはしていなかった。

やはり、俺の弟子たちが俺の正体に気付いて手を回したのだろうか。

そういえば願書の書類セットの中には魔力を計測する魔法の巻物（マジック・スクロール）もあった。

それは願書を取り寄せたらついてきたものだ。

簡易なもので、魔法の巻物の中では、比較的安価なものではある。

だが、願書を出そうとする全員に配布するとは、かなり羽振りがいいと言えるだろう。

まさか、あの魔法の巻物で計測した俺の魔力で、俺の前世に気が付いたのでは？

そんなことを考えていたら、少女が言う。

「通常はしておりませんが、妨害が予想されたのでお迎えに参りました」

「……よく妨害されそうってことがわかったな」

実際に御曹司たちは俺が願書を出したことに大層お怒りなようだ。

彼女が迎えに来なければ、いろいろ面倒なことになっただろう。

ちなみに今の状況は、快くないがさほど面倒でもない。

十五歳児と十二歳児が駄々をこねているだけ。単に無視をすればいい。

「ウィル・ヴォルムス。我々をなめないでください」

「これは失礼した」

「おい！　無視するな！」

「馬鹿にしてるのか！　ただじゃすまさねーぞ！」

語彙力のない御曹司たちの罵倒が響いている。ヴォルムス家が馬鹿だと思われるのでやめてほしい。

御曹司の罵倒を無視して少女は淡々と言う。

「さて、馬車を用意していますので、参りましょう」

「……試験はすぐに始まるのか？」

「試験自体は明日からですが、準備が必要ですから」

何の準備だろうか。少し気になる。

それを尋ねようとしたとき、十二歳児が叫んだ。

「勇者の学院を受験するだと？　てめえみたいなやつが受けていいところじゃねーんだ！」

「俺がクソガキに身の程ってやつを教えてやるよ！　痛めつけてやる！」

激高して殴りかかってきたのは十五歳児の方だ。

「騒がしいですね」

その瞬間、目にも止まらぬ速さで少女が動いた。

俺と十五歳児の間に入って、十五歳児が全力で振るった拳を止めた。

それも、左手の人差し指一本だけで止めたのだ。

巧みな魔力操作のなせる業だ。

「私に殴りかかるということは、救世機関に弓を引くという意味ですか？」

「ち、違う！　俺はただそのクソガキを教育してやろうと……」

「ウィル・ヴォルムスを、あなたが教育する必要はありません」

少女に射すくめられて、十五歳児はぺたんと床に尻をつく。

それから少女は振り返って俺を見ると、何事もなかったように言った。

「さて、ウィル・ヴォルムス。参りましょうか」

「明日、学院に向かうのではだめか？」

「……妹さんのことが気がかりなのですか？」

何も言っていないのに、少女は俺の心中を当てて見せた。

俺が留守にしている間、サリアがいじめられたらかわいそうだ。俺の懸念はそれだった。

「では妹さんもご一緒にどうぞ。それでよろしいですね？」

「ああ、ありがとう。あと犬もいるんだが……」

「もちろん。服の中のスライムもご一緒にどうぞ」

サリアとルンルン、スライムも一緒に連れていけるなら安心だ。

それにしても、少女は俺がスライムを隠していることにも気付いていたようだ。

それからすぐに、少女はサリアを連れてくるようにヴォルムス家の家臣に指示を出す。

家臣はためらいなく即座に走りだした。

サリアとルンルンが来るのを待っている間、十二歳児が言う。

「おい、俺も受験するぞ。そのクソガキにどっちが本当のヴォルムスかわからせてやる！」

本当のヴォルムスとはいったいなんのことだ。少なくとも御曹司たちではないのは確かだ。

「ご自由にどうぞ」

興奮気味の十二歳児に、少女は感情のこもらない声で返答した。

「兄上も受験しましょう。兄上なら救世機関入りも可能ですよ！」

十二歳児は兄の実力を随分と高く評価しているようだ。

実際はどっちも大差はない。両方とも雑魚だ。

「ああ。そうだな。クソガキに身の程を教えてやる！」

十二歳児に促される形で十五歳児も受験の意思を示した。

それに対しても、少女は淡々と言う。

「ご自由にどうぞ。勇者の学院はいつでも、そして誰の願書も受け付けています」

そうして、俺は本家の御曹司たちと一緒に受験することになったのだった。

6．勇者の学院

Hassai kara hajimaru Kamigami no Shito no Tensei Seikatsu

俺（おれ）はサリア、ルンルンと一緒に馬車に乗って勇者の学院へと向かうことになった。

ちなみにフルフルはずっと俺の服の中に隠れている。

やってきたルンルンを見て、少女が一瞬固まった。

「随分と大きいのですね」

「ああ。馬車に乗せるのは難しいか？」

「いえ、問題ありません」

すぐにヴォルムス家の前に馬車が到着した。

大貴族でも持っていないような、とても大きな馬車だった。

救世機関の権勢のほどがうかがい知れる。

馬車、特に馬を見てサリアは大喜びだ。

「ふわあ。おうまさんだ。あにちゃ、おうまさんだよ。るんるんはみたことある？」

「そうだな。お馬さんだな」

「わふ！」

サリアが嬉（うれ）しいと俺も嬉しくなる。それはルンルンも同じのようだ。

ビュンビュンという音が聞こえそうなほど尻尾が揺れていた。

馬車が走りだすと、俺の横に座ったサリアは窓の外を食い入るように見つめていた。

そんなサリアの頭をやさしく撫でる。サリアの髪はとても柔らかい。

「わふわふ。ふんふんふんふんふん」

ルンルンは少女に興味を示したようだ。ものすごい勢いで匂いを嗅いでいる。

少女は姿勢を崩さない。ちらりとルンルンを見るだけだ。

「ルンルン。やめなさい。迷惑だろう」

「わふぅ……」

しょんぼりしたルンルンに少女が言う。

「いえ、迷惑ではありません」

「そうか？　それならいいんだが」

「ウィル・ヴォルムス。私もルンルンを撫でてもよいのでしょうか？」

「もちろんだ。嫌じゃないなら、撫でてやってくれ」

俺がそう言うと、すぐに少女はルンルンも撫で始めた。ルンルンは嬉しそうに尻尾を振る。

少女も表情こそ変わらないが、どことなく喜んでいるように見えた。

それを見ていたサリアが少女に興味を示した。

「おねえちゃん！　おなまえなんていうの？　さりあはさりあだよ！」

「私ですか？　私はアルティ。アルティ・ゼノン・バルリングです」

「あるねえちゃん！　かみきれいだね。おめめもきれい！」

アルティは輝く銀のまっすぐな長い髪をしている。目はエメラルドのような色だ。

サリアの言う通り、髪も目もとても綺麗だ。

「あ、ありがとう」

サリアに褒められて、アルティは頰を赤くして照れていた。

ちなみにその間、アルティの両手はずっとルンルンをわしわし撫でていた。

いい機会なので、俺は気になっていたことをアルティに尋ねることにした。

「どうして、御曹司たちに俺の受験が妨害されそうだと気付いたんだ？」

「願書を持ってこられた方が、くれぐれもよろしく頼むとおっしゃっていましたので」

「……そうだったのか」

家臣が御曹司の妨害を予想して、頼んでくれていたようだった。

俺は御曹司たちに家臣たちが怒られないか心配になった。

そのことを口に出すと、アルティは淡々と言う。

「その心配はありません」

「なぜそう言える？」

「誰が願書を運んだのか、学院が明かすことはありませんから」

「それでも八つ当たりされる可能性もある。手当たり次第にひどい目に遭う可能性も」

「もし救世機関がしたことを理由に、家臣を処罰したとしたら、それは大きな問題です」

救世機関は、この世界においてそれだけの力を持っている。

理不尽な理由で、それも救世機関に協力したことで罰することは難しいのだろう。

それが、たとえヴォルムス本家であってもだ。

「そうなのか。それは心強い」

「はい」

そんなことを話している間に、勇者の学院に到着した。

門の前でサリアが外を見たがったので、いったん馬車から降りる。

「うわー。おっきいねー、ひろいねー」

「わふう！　わふわふ！」

「そうだな、広いな。ルンルン、はしゃぎすぎるなよ」

「わふ！」

サリアは大喜びだ。サリアの言う通り勇者の学院は広大だった。

ルンルンは尻尾を振りながら、少し周囲を走り回る。

フルフルは俺の服の中でぷるぷるしていた。一緒に走り回りたいのかもしれない。

王都の北端にある王宮と真逆、王都の南端に勇者の学院は位置していた。

「これは……」

南端というよりも、王都の外側、王都に隣接した南側の土地に建てたといった感じだ。

少なくとも前世の知識では、ここは王都の外だった。

「広大な土地を使いたいなら、王都の外に作った方がいいということか」

「ウィル・ヴォルムスの言う通りです。そういう理由でここに建てられました」

その後、再び馬車に乗り、しばらく走ると、やっと建物が見えてきた。

「ここが学生寮を兼ねた宿泊所になります」

アルティがそう言って丁寧に説明してくれる。

学生のほとんどはこの寮に住むのだという。

「綺麗な建物だな」

「合格の暁(あかつき)には、ウィル・ヴォルムスはサリアとルンルンと一緒にここに住むことができます」

「ふるふるも！」

「そうですね。スライムさんも一緒です」

それなら安心だ。だが、俺が授業中サリアが一人になってしまう。

それはできれば避けたい。

「アルティ。授業中のために乳母などは雇えないだろうか」

我ながら、まだ合格もしていないのに気が早い心配だとは思う。

だが、アルティは笑うこともなく淡々と言う。

「あとで託児所をご案内いたします」

「……そんなものまであるのか？」

「はい。子供のいる学生も当然いらっしゃいますから」

アルティが詳しく説明してくれる。

勇者の学院は世界中から優秀な人材を集めて育成するための学校だ。

ならば、学生たちの生活をこれ以上ないぐらい快適にしなければならない。

そうでなければ、優秀な人材を集めることはできない。

賢人会議の意向で、そういう方針なのだそうだ。

「託児所の子供たちには、年齢に適した教育が行われます」

「どのくらいの歳の子供が多いんだ？」

「サリアより幼い方から、ウィル・ヴォルムスより年上の方もいらっしゃいます」

それなら、サリアも寂しくないかもしれない。すごく助かる。

なんとしても勇者の学院に合格したくなってきた。

「よーし、がんばろう！」

「あにちゃ！　がんばって！」

サリアも応援してくれた。俺はそんなサリアの頭をやさしく撫でる。

その後、俺たちはさっそく託児所へと向かった。

サリアとルンルンを預けて、アルティと一緒に本館へと向かうためだ。

託児所に着いたら、アルティが職員に事情を説明してくれた。

事情を聞いた後、すぐに職員が笑顔でこちらに来る。

「サリアちゃんっていうのね。よろしくお願いします」

優しそうな女性だ。託児所で子供たちの面倒を見ている専属の職員らしい。

「あい！　さりあだよ！　さんさい！」

「そうなの。ちゃんと自己紹介できてえらいわね」

「えへへ」

俺は職員にルンルンのことを切り出した。

「あの……この犬のことなんですが……」

「はい。大丈夫ですよ。一緒にお預かりします」

「ありがとうございます」

どうやら、従魔などを預かるのも仕事のうちらしい。

「ルンルン。サリアのこと頼むな」

「わふ！」

立派に返事をしたルンルンと元気に手を振るサリアを置いて、俺は本館へと向かう。

明日の試験について説明してもらうためだ。

その間フルフルは、ずっと俺の服の中に変形して隠れている。

アルティは知っているので表に出してもいいのだが、フルフルが出てこないので仕方ない。

どうやら、俺の服の中が気に入ったらしい。

道中、アルティが静かな口調で言う。

「ウィル・ヴォルムスは、勇者の学院とその入試について、ほとんど知らないと聞きました」

「ああ、確かに知らない」

前世の時代になかったものに関しては、俺は八歳児相当の知識しかない。

そして前世の時代には勇者の学院はなかったのだ。

その上、本家の御曹司たちに一日中労働させられていた。

だから世間に触れることも少なかった。

現代の知識に関しては一般の八歳児よりも無知かもしれないぐらいだ。

「守護神の寵愛値も調べてはいらっしゃらないとか？」

「調べてない。というより、それはいったいなんのことだ？」

俺の前世エデルファス・ヴォルムスの時代には、守護神の寵愛値などという概念はなかった。

「はい。賢人会議の一員でもある小賢者さまが開発された術式を使うのですが……」

「小賢者？」

「大賢者エデルファス・ヴォルムスさまの直弟子ミルト・エデル・ヴァリラスさまのことです」

ミルトは俺が死んだ際、俺に縋り付いて泣いていた弟子の魔導師だ。

俺が生きていたころは単にミルトだった。あれから家名を手に入れたのだろう。

立派になったものだ。俺は嬉しい。

その上、俺の指導なしでも俺の知らない魔法を開発したようだ。

素晴らしい。出藍の誉れとはこのことである。

「それにしても、なぜ小賢者なんだ？　大賢者を名乗ればいいだろう」

「大賢者はエデルファス・ヴォルムスさまのことですから」

前世の俺に遠慮しているのかもしれない。そんな必要はないのに。

「早速ですが、ウィル・ヴォルムスの守護神の寵愛値を調べることにしましょう」

そう言ってアルティはすたすたと歩きだした。

俺はアルティの後をついていく。

そもそも守護神とは何だろうか。これも前世にはなかった概念だ。

わからないことは聞くべきだ。俺は無知で当然な八歳児なのだから。

「アルティ。そもそも守護神とはなんだ？」

アルティは足を止め、くるりとこちらを振り返る。銀色の髪が綺麗になびいた。

「文字通り守護してくれる神です。人族には誰にでも守護神がいます」

俺の問いは、恐らくこの時代の人間なら子供でも知っていて当然のことなのだろう。

だが、アルティは嫌な顔せず、バカにしたような素振りも見せずに教えてくれる。

「ほとんどの人族の守護神は人族を司る人神です」

「人族を司る人神が、人をある程度守護してくれるのは普通に思えるな」

「はい。ですが、まれに人神に加えて他の神の守護を受けている者がいます」

アルティは俺に合わせるためか、歩調を少しゆっくりにしてくれた。

「一番有名なのは賢人会議の一員、水神の愛し子、ディオン・エデル・アクアさまです」

ディオンは前世の俺の直弟子の治癒術師だ。俺が生きていたころは単にディオンだった。

ディオンも家名を手に入れたらしい。とても立派になったようで俺は嬉しい。

というか、小賢者ミルトもディオンもミドルネームはエデルらしい。

ひょっとして、まさかと思うが、俺の前世の名エデルファスからとっているのか?

恥ずかしいような、照れ臭いような変な気持ちになった。

だが、今の俺はエデルファスではなく、ウィルである。切り替えていこう。

「つまり、守護神の寵愛というのは、いわゆる神の愛し子というやつか?」

それならわかる。前世の時代でも、そういうやつはたまにいた。

俺の前世エデルファスも女神のお気に入りだったらしいし。

修行の合間の雑談で、神たちは地上の者たちに目をかけることがあると言っていた。

多分そのことを指して、守護神と言っているに違いない。

「守護神を持つ者の中でも、特に寵愛値の高い者が神の愛し子です」

それは新しい概念だ。百年前は愛し子未満の者は考慮されていなかった。

「守護神の寵愛を受けた者は、守護神に対応した能力の適性が高くなります」

「なるほど。剣神だと剣術がうまくなるとかか?」

「そのとおりです。ほかには、魔神なら魔法適性が高くなります」

「たくさん守護神がいる者もいるのか?」

「珍しいですが、います」

風神の寵愛を受けたなら、特に風魔法が強くなったりするのだろう。

加えて炎神の寵愛を受ければ、風も炎の魔法も強力に使えるようになる。

さらに魔神の寵愛を受ければ、すべての魔法の威力と魔法量も底上げされる。

神の寵愛は多ければ多い方がよさそうだ。

俺は沢山の神の弟子になった。きっと師匠たちはみな俺の守護神になってくれているに違いない。

何柱が俺の守護神になってくれているのだろうか。少し楽しみだ。

「この装置では人神以外の寵愛値を調べることができます」

「そうなのか。ちなみに守護神が人神だけの場合、どの能力の適性が高くなるんだ？」

「人神は人族みなの守護神ですから。ほかの人と差がでません」

言われてみればその通りだ。全員同じならばそこに差はでない。

つまり、人神だけが守護神、つまり守護神一柱の者は平凡ということだ。


しばらく歩いて、アルティは一つの部屋の前で足を止めた。

「到着しました」

そう言うなり、アルティは扉を開けて、俺に中へと入るよう促す。

中に入ると十メートル四方の部屋があった。

「測定には、部屋の真ん中にある装置を使います」

部屋の真ん中には透明な直径〇・三メートルほどの球があり、それを中心に、床と天井、壁に至るまで魔法陣が刻まれていた。

「なるほど」

よくできた魔法陣だ。小賢者ミルトの発想は独創的で素晴らしい。

あらゆる魔法体系が複合的に取り入れられているが、どちらかというと時空魔法の要素が強い。

神の世界に細い糸を何とかつなげる。そんな発想だ。

だが、修正すべき点もいくつか見つけた。

とはいえ、それはミルトの能力が低いということを意味しない。

できたものを改善するのは、無から一を作るよりもはるかに簡単なのだから。

今度、ミルトに会う機会があれば色々教えてもらいたいほどだ。

そんなことを考えていると、アルティが言う。

「ウィル・ヴォルムス。このクリスタルに片手を置いてください」

「了解。それはともかくアルティは俺に敬語も使わなくていい。俺は年下だ」

「…………」

そう言うと、アルティは困ったような表情を見せた。

「……敬語の方が話しやすいなら――」

「その方が話しやすいのです」

「そうか。それなら好きにしてくれ」

「はい。好きにします」

話しやすいなら敬語でもいいと思う。別に俺は敬語を使われても不快ではない。

アルティは黙ったまま、俺がクリスタルに手を置くのを待っている。

「ちなみに……守護神が人神だけの場合、勇者の学院には入れないのか？」

「そのようなことはありません。ですが、能力の問題で合格の可能性は低くなります」

「低くなる、か。ちなみに守護神が人神だけの者は勇者の学院には何人ぐらいいるんだ？」

「創立以来、皆無です」

つまり規定上は可能だが、事実上不可能ということだろう。

守護神が人神だけということは、人族の中では特に秀でた適性がないということ。

優秀な能力を持つ者を集めている勇者の学院に入れないのは道理ではある。

「なるほど。試験は明日からという話だったが、もう始まっているわけだな」

「そういうわけではありませんが、普通は十歳の時に教会で守護神寵愛値測定をしますので」

アルティが丁寧に説明してくれる。

これほど精密な装置ではないが、簡易な装置が各地の教会にあるそうだ。

測定の結果、守護神が複数いたり、寵愛値の高かった者が勇者の学院を受験する。

そういうパターンが多いらしい。

守護神が単独だったり、寵愛値の低かった者は、受験するにしても成長してから。

そういうパターンも多いらしい。

「ある程度の年齢になるまで、賢者の学院や騎士の学院などで修練を重ねるのです」

才能が少ない分を努力で補うということだろう。そういう者たちは尊敬に値する。

「ウィル・ヴォルムス。このクリスタルです」

アルティに再度促された。無知な俺の質問にもアルティは根気よく付き合ってくれている。

とはいえ、これ以上待たせるのはよくないだろう。

「こうすればいいのか？」

そう言って俺は左の手の平をクリスタルにピタリとつけた。

…………

…………

…………

…………

…………

ふと気付くと周囲の風景が暗転していた。

落ちているような昇（のぼ）っているような奇妙な感覚を覚える。

俺にとっては慣れ親しんだ感覚だ。もはや懐かしい。

守護神寵愛値測定装置に手を触れたおかげで、意識だけ神の世界に飛ばされたらしい。

「ここも、久しぶりだな」

エデルファスとして死んでから、ウィルとして転生するまでいた世界だ。

前世の記憶とこの世界の記憶を取り戻したのが、つい先日。

だからか不思議な感じがする。懐かしいような、ついこの前までここにいたような。そんな感じだ。

「あ、エデルちゃん。久しぶり。可愛くなっちゃってまあ」

ふと気付くと、前世の俺が死んだあと神になれと誘いにきた例の女神が目の前にいた。

ウィルの姿が気に入ったらしく、ご機嫌に俺の頭を撫でてくる。

どうやら今の俺はウィルの姿らしい。転生したら神の世界でも姿が変わるようだ。

「今はエデルファスじゃなくウィルだ」

「そういえば、そうだったわね！　元気そうで何よりだわ」

女神はご機嫌で、にこにこしている。

「なに？　エデルファスが来たのか？」

「ほんとだ、エデルファスだ！」

近くにいた師匠の神たちが続々と集まってくる。

神の世界はいろいろ違う。遠近という表現も正確ではないのでわかりにくい。

「ここにいるってことは、エデルファスはまた死んだのか？」

「いや。まだ死んではいない。それと、今はウィルだ」

「ああ、そうだ。ウィルだったな！」

集まってきた神たちにもみくちゃにされる。

師匠たちと修行していたころとは姿が違うのに、師匠たちはまったく気にしていないようだ。

「ちょっと！　ウィルちゃんと話すのは私が先でしょう！」

「姫、独り占めするなよ。ウィルは俺たちの弟子でもあるんだからな」

「それでも、あんたたちは私のあとで話しなさいよ！」

女神が神たちを押しのけてまた俺の前に来た。

どうやら女神は神の中でも偉いらしい。

「それにしても、死んでもいないのに、どうして来たの？　会えて嬉しいけど」

「ずっと見てたんじゃないのか？　もしかして俺はもうお気に入りじゃなくなったか？」

神たちはお気に入りの、いわゆる愛し子を神の世界から眺めていると聞いた。

そして前世の俺は女神の愛し子だった。

「ち、ちがうわ！　ウィルちゃんは今も私のお気に入りよ！　どうしてそんな悲しいこと言うの？」

「すまん」

「神だって忙しいし、四六時中見ているわけではないわ」

「俺は見てたから知ってるからな！　ウィル、俺は全部知ってるからな！」

そう女神の後ろで叫んだのは剣神だ。ものすごくアピールされる。

「ああ、ありがとう、剣神の師匠」

「おう！　俺だって見ているからな！」

「俺も見ていた」

「私も私も」

女神がアピールする神たちをひとにらみすると、一転、まわりが静かになった。

女神が神たちを黙らせたわけではない。

一時的に神たちの言葉が俺の耳に届かないようにしたようだ。

「で、どうしてここに来たの？　どうやって？」

俺は女神に小賢者の作った守護神寵愛値測定装置について説明した。

「魔法でこっちの世界に接続したの？　すごいこと考えるものね」

「そうだな。俺の弟子が考えたらしい」

「さすがはウィルちゃんの弟子ね！」

女神は納得したようで、うんうんと深くうなずいていた。

そして、少し遠い目をしながら言った。

「でも、いつのまにかそんなものが作られていたのね。人族ってすごいわね」

「知らなかったのか」

「知らなかったわ」

一瞬、俺は神のくせに知らないのかと思った。だが、すぐに思い直す。

神たちにとっての人は、人にとっての蟻よりも小さい存在だ。

人が一匹の蟻に気まぐれに餌をやったとしても、蟻の社会に興味があるとは限らない。

蟻の外敵との戦い方や蟻の巣の作り方などに興味がある方が珍しいだろう。

それと同様に、神が愛し子に恩恵を与えたとしても、神が人族社会に興味があるわけではない。

「ウィルちゃん、また、ひどいこと考えているのね！」

「そうだ、姫なんかと違って俺たちは見ていた！」

女神が腕を組んで頬を膨らませていた。

そして、別の師匠たちもまたドヤ顔をしてアピールしてくる。

女神がほかの神の言葉が聞こえないようにできる効果時間は短いらしい。

神だから人の思考を読むことは普通にする。

デリカシーのなさを非難するのもお門違いだ。

犬のお尻の穴を見て目を背ける人がほとんどいないのと同じこと。

「それに自分の内心をお尻の穴に例えるのはやめた方がいいわ」

「そうか、気を付ける」

「ウィルちゃん。私たちはちゃんと人族が好きよ？」

「わかってる。次元と世界が違うんだから、色々あるんだろうな」

「そうね。ウィルちゃんの言うとおり色々あるの」

それにしても、だいぶ神々と親しく会話するようになったものだと思う。

神の世界での修行が長かったからだろう。

時間の概念が違うので、長いというのは正確ではない。

とはいえ、人間としての感覚では長いというのが一番近い。

そのとき女神がぽつりと言った。

「私たちの愛情を機械で測られているみたいで、少し悲しいわ」

まったく知らなかったくせに。そう思ったが言うのはやめておく。

「言わなくても聞こえているわ」

「それはすまない」

「ウィル。今回の人生はどう？」

「そうだな、ぼちぼちだ。だが、記憶を取り戻す前に俺が死んだらどうするつもりだったんだ？」

保護者である父母が亡くなったのだ。

もし何かあれば、幼児である俺は簡単に死んでいたかもしれない。

「それは大丈夫だと思うのだけど……」

その時、後ろから犬神が女神を押しのけて前に出てきた。

犬神は犬族を司（つかさど）る神だ。神々（こうごう）しい犬の姿をしている。

「ウィル！　ルクスカニスはどうだ？」

「ルクスカニス？」

「あ、ウィルはルクスカニスのことを、ルンルンと呼んでいるんだったな！」

衝撃の事実が犬神の口から語られた。

俺は驚いて犬神に尋ねる。

「え？　ルンルンって、ただの犬じゃないのか？」

「ルクスカニスは俺の眷族、神獣だ。ウィルの誕生に合わせて地上に送っておいた」

「そうだったのか」

女神が自慢げに胸を張る。

「私が！　私が!!　ウィルちゃんを守らせるために犬神に頼んだのよ！」

「それは、ありがたい」

「いや、別に姫に頼まれなくても俺はルクスカニスを地上に送るつもりだったのだがな」

それから犬神がルンルンについて説明してくれた。

ルンルンは神獣だが、別に神の世界の記憶を持っているわけではないらしい。

だが、神獣だけあって、強い力を持つという。

「まだ子犬だけどな」

「だから、八歳なのにいまだに成長しているのか」

「そういうことだ」

遠い目をして犬神が言う。

「ルクスカニスという立派な名前があるのに。ウィルはルンルンと名付けるんだからな」

「え？　俺が名付けたのか？」

「そうだぞ」

犬神が言うには、ルンルンは俺が生まれてから一年間、父母の屋敷の庭で過ごしていたらしい。

別に飼われていたわけではなく、たまに使用人から餌をもらう程度だったようだ。

だが、一歳になったころ、外に出た俺はルンルンに出会った。

そのころはまだ小型犬のように小さかったため、父母も警戒しなかったのだろう。

そして、俺がすごく気に入り、ルンルンと名付けたのだという。

「俺がルクスカニスを通じて、念を送って、こいつの名はルクスカニスだって教えたのに」

「そうだったのか……」

まだ物心がつく前だ。まったく記憶にない。

恐らく一歳だから、ルクスカニスを発音できなかったのだろう。

「そうか、人族は一歳だと、難しい発音ができないぐらい幼いんだな」

犬神が遠い目をしていた。

そこに別の神が前に出た。

「ぴぎっ！　ぼくの眷族も最近送ったよ！　可愛いがってくれているみたいだね！」

「……あのスライムも、スライム神の眷族なのか？」

「うん、そうだよ！　ぴぎぃ！」

スライム神は全身をぷるぷるさせながら言う。

スライム神は直径一メートルぐらい。全身が半透明で色が刻々と変化している。

「フルフルという名前はセンスがあるよね！　さすがはウィルの妹！　ぴぎっ！」

「それはどうも、ありがとう」

サリアのセンスを褒められると俺も嬉しい。

それから、俺は犬神とスライム神に向けて尋ねる。

「眷族って犬神の愛し子、スライム神の愛し子、みたいなものか？」

「だいぶ違うな。犬神の愛し子はただの犬。人神の愛し子がただの人なのと同じだ」

「そうだよ！　眷族はぼくの力の一部を地上向けにアレンジしたものなんだ」

よくわからない。

「そうか、わからないか。まあ、眷族は半分神だと思ってくれればいい。だから神獣って言うんだしな」

「人族にはわかりにくいかもだけど、ぼくが一柱で産んだ、ぼくの子供と思ってくれればいいよ」

一人で産むということが人族にはないのでわかりにくいが、まあ子供ということなのだろう。

神の世界の理は、神になるまで正確には理解できないに違いない。

「ルンルンは、犬神に命じられたから俺の護衛をしてくれているのか？」

「うーん。それも少し違う。神獣は自由意思の範囲が広いんだよ」

犬神が言うには、神獣——つまり眷族に細かな命令を出すことはできないらしい。

「それは不便だな」

「まあ、神獣は子供だからな」

そう言ってから犬神はまた遠い目をした。

「人族だって子供が親の言うことを聞くとは限らんだろう？」

「ああ、反抗期とかあるしな」

「ああ、まったくそうだ。本当にそうなんだ。その通りだ」

犬神はしみじみという。

犬神は子供に逆らわれた思い出があるのかもしれない。

「ウィルと相性がよくて、ウィルと互いに好きあってくれるような子を送ったはずだ」

「ああ、ルンルンはとてもよくしてくれる。賢いしな。妹の面倒も見てくれる」

「それはなによりだ。ルクスカニスのことよろしく頼むぞ。ああ見えても俺の子だ」

「むしろ俺がお世話になっているぐらいだ」

「そうか。それならよかった。とはいえ、ルクスカニスはまだ子供だからな……。至らぬ点もあると思う。よろしく頼む」

犬神は深々と頭を下げた。そこまでされると逆に恐縮してしまう。

ルンルンには苦労をかけているし、色々助けてもらっている。

「俺の方こそ、ありがとう。ルンルンを送ってくれてすごく嬉しい」

「フルフルもウィルと相性のいいスライムだよ！」

「だから、森の中で追いかけてきたのか」

「さすがに犬と違ってスライムは街中に放り込んだら騒ぎになるかもしれないからね！」

スライム神なのに、人の社会について詳しいようだ。

俺の記憶が戻ったころに合わせて、街の近くの森にフルフルを送り込んだらしい。

フルフルは森の中でしばらく寂しくしていたようだ。

だから、森でどこか懐かしい俺の魔力を感知して、大急ぎで追いかけてきたのだ。

そう聞くと、いじらしく思う。これからは寂しくないように可愛がってあげよう。

「犬神もスライム神も、配慮してくれてありがとう」

そこに女神が割り込んできた。

「話し終わった？　でね……」

女神を無視して俺は少し考える。

犬の神獣がいるなら、人族の神獣もいるのだろうか。

「あ、ウィルちゃん、また私の話聞いてないわね」

「あ、すまん。聞いてなかった」

「もう、仕方ないわね。えっとね、ウィルちゃん、人族の神獣って言うのはね――」

また俺の思考を読んだらしい。女神が語りだした内容はすごく興味のあることだ。

俺は女神の言葉に耳を傾ける。

だが、ちょうどその時、俺の存在が薄くなり始めた。

「あぁっ！　ウィルちゃん！　もう帰っちゃうの？」

「どうやら、そうらしい。最後の話は聞きたかったんだが……」

「話せば長くなることだから、残念だわ」

女神がしんみりし始める。同時に後ろの方にいた神たちが騒ぎ始めた。

「なんだって⁉　姫と犬神とスライム神に独占されて俺たちはウィルと全然話せてねーぞ」

「そうだ！　姫のせいだぞ。謝れ！」

「そうだ！　謝れ！　お前はわがまますぎるんだよ！」

「絶対、謝らないわ！　というか姫に向かってお前呼ばわりしたのは誰よ！」

「うるさい、お前ごとき、お前で充分じゃい！」

「そうだそうだ！」

「なんですって！　許さないわよ！　後悔させてやる！」

「後悔するのはお前の方じゃい！」

女神が神たちと喧嘩し始めた。

それを尻目に、犬神とスライム神が話しかけてくる。

「また寂しくなるな」

「フルフルを通じていつも見ているよ！　ぴぎっ」

「ルクスカニスのこと。頼んだぞ」

「フルフルのこともお願いだよ！」

「あぁ、大切にする」

「ウィルに預けてよかっ……」

犬神の言葉は途中までしか聞こえなかった。


…………………

…………

…………

「はい。測定は終わりました」

俺が装置に触れる前と、まったく同じ位置にアルティはいた。

「……俺は気を失っていたか?」

「いえ?」

神の世界での滞在時間は体感で十分ぐらいあった。だがこちらでは一瞬のことだったようだ。

だからといって神の世界の時間の流れが速いというわけではないのが難しいところだ。

俺にもよく理解できていない。考えるだけ無駄というものだ。

文字通り人智を超えているのだ。

なぜか、そのとき服の中に入っていたフルフルがプルプルした。

俺の意識が神の世界に飛んでいたことを察したのかもしれない。

「で、肝心の結果の方だが……」

「ウィル・ヴォルムスの守護神は人神です」

「ほかには?」

「それだけです」

「………そうか」

早くも勇者の学院の入学計画に暗雲が立ち込め始めた。

よく思い出したら、あの女神は最初に会った時、人族としての貢献がどうのとか言っていた。

あいつが、あの女神が人神本人――いや、本神だったのだろう。

興味がなかったから、女神が何の神か聞かなかったので知らなかった。

「もしかして……。明日の俺の入試は中止か？」

「いえ？　予定通り受験していただくつもりです」

どうやら門前払いは避けられたようだ。それなら何とでもなる。俺は心底安心した。

とはいえ、正直なところ、俺には多くの守護神がいるものと思い込んでいたところがある。

俺の勝手な予想では――

「こんなに守護神がいることなんて、見たことも聞いたこともありません！」

とかアルティが感動してくれる展開になるものだとばかり。

神々、つまり師匠たちとは一緒に酒を飲み交わしたり冗談を言い合ったりして楽しかった。

俺が転生する前には、神たちが集まってきて激励してくれたりもしたのだ。

神の世界で、かなりの長い間、師匠たちと一緒に過ごした。

もっとも、あの世界は時の概念が違うので、長いというのは正確ではないのだが。

それでも、犬神も師匠ではないが、結構俺のことを気に入ってくれていると思っていた。

「……師匠たち。もしかして俺のこと嫌いだったのか？」

「ウィル・ヴォルムス？」

無表情のアルティが首を傾（かし）げながらこっちを見ていた。

思わず口に出してつぶやいてしまったようだ。

「いや、何でもない。気にしないでくれ」

俺は気を使わせないよう、アルティに向かって笑顔を見せた。

ついでに気になっていたことを聞いてみる。

「アルティもこの装置で測定したんだろう？」

「はい。もちろんです」

「手を触れた瞬間、どんな感じがした？」

「どんな感じとは？　球がひんやりとしていると思いましたが」

「いや、手触りではなく、意識がどこかに飛んだりしなかったか？」

「………………？」

アルティは、何のことかわからない。そんな表情を浮かべていた。

「測定時に意識がどこかに飛んだりした例はないのか？」

「……私の知っている限りではありません」

「そうか。すまない。変なことを聞いた」

どうやら、普通は神の世界に飛んだりはしないらしい。

確かに俺が見た限りでは装置の魔法の術式で神の世界に飛ぶとは考えにくい。

「ふむ」

何か特殊な事情があるのかもしれない。

女神が最後に何か言いかけていた。それと関係があるのだろうか。

そんなことを俺は考えた。

「……ウィル・ヴォルムス。守護神の数は入試の成績には加味されません」

「そうなのか？」

「事前に測定するのは入学後の育成方針の参考にするためです」

「それなら合格後に調べればいいのでは？」

「普通は適性のある分野を鍛えてから受験するのが一般的なので」

アルティは普通の人は十歳で寵愛値を調べると言っていた。

どの科目を受けるのか、その参考にできるように事前に調べてくれたのかもしれない。

結果として、守護神一柱という結果になったわけだが。

アルティは、無表情のまま、じっと俺を見つめていた。

もしかしたら、元気づけようとしてくれていたのかもしれない。

黙って考え込んでいたので、へこんでいると思ったのだろう。

「ありがとう。そうだな。明日の入試は全力を尽くすよ」

「それがいいです」

それからアルティに明日の試験について簡単に説明をしてもらった。

筆記試験の後、実技試験が実施されるとのことだ。

実技試験の種類は多様で、そのどれか一つが好成績ならばいいらしい。

「剣術に秀でたものを、水魔法の成績が悪いからと落とすのは愚かなことです」

「それもそうだな」

「もちろん、多くの試験で高得点を取るのも有効です」

何でも屋が重宝がられるのはいつの時代も同じだ。


アルティの試験についての説明が終わった後、俺たちは託児所に向かう。

サリアとルンルンを迎えにいくためだ。

その道中、俺はアルティに聞いてみた。

「アルティの守護神はどの神さまなんだ？」

「剣神さまです」

あのおっさんか。俺は剣神の姿を思い浮かべた。

優しく色々教えてくれたのに、寵愛はくれなかったようだ。とても悲しい。

悲しくなるので話題を変える。

「アルティはまだ若いのに、もう救世機関の一員なんだろう？　すごいな」

難関の勇者の学院をさらに好成績で卒業した者だけが救世機関に入れるのだ。

そう考えると、アルティはスーパーエリートだ。

「救世機関の一員と言っても、つい先日入ったばかり。まだ見習いです」

「そうだったのか」

見習いだから、俺の案内をさせられているのかもしれない。

俺はアルティが、本家の御曹司である十五歳児の拳を指一本で止めたのを見ている。

あれは相当な技量がなければできない芸当だ。

「あれだけできるアルティでも見習いか」

「はい。日々修行の毎日です」

やはり救世機関の者たちの力量はかなり高そうだ。

そんなことを話している間に託児所に到着した。

「では、ウィル・ヴォルムス。サリア。ルンルン、スライム。私はこれで」

「アルティ、助かった。ありがとう」

「あるねえちゃん。またね！」

「わふわふ！」

「ぴぎっ」

ルンルンは別れを惜しむように、アルティの顔をなめた。

フルフルは俺の服の中で小さく鳴いた。

アルティはしばらくルンルンを撫でてから去っていく。

サリアはアルティが見えなくなるまでぶんぶんと元気に手を振っていた。

そんなサリアを、俺は優しく抱きあげる。

「サリア。お腹すいたか？」

「すいた！　あにちゃはおなかすいた？」

「そうだな。兄もお腹がすいたかもしれない」

「さりあ、ほしにくもってるよ！」

そう言って、サリアはポケットから、カピカピの干し肉を取り出した。

昨日のおやつをとっておいたのだろう。

御曹司の嫌がらせで食事を減らされることも少なくなかった。

家臣たちがこっそり食事を持ってきてくれていたが、それにも限度がある。

ルンルンも自分で獲ってきた鳥を分けてくれたりもしたが、毎日ではない。

だから俺たちは空腹で過ごすことも多かった。

そのため、食糧が余っていると保存したりしてしまうのだ。

サリアはまだ三歳なのに、俺は苦労を掛けすぎている。

もし、勇者の学院に落ちたとしても、本家には戻らず何とか生活することにしよう。

少なくともサリアをお腹いっぱい食べさせるぐらいのお金は稼げるはずだ。

ルンルンと一緒に頑張ればいけるだろう。

「あにちゃにあげる！　たべて！」

そう言うと、サリアはにこっと笑った。

「それはサリアのおやつだろう？」

「でも、あにちゃ、がんばったから、あげる！」

自分もお腹がすいているというのに、サリアは俺にくれるという。

なんて優しいのだろう。

「でも、サリアもお腹すいてるんだろう？」

「んーん。すいてないよ！　おねえちゃんにおやつもらったもん」

どうやらサリアは託児所でおやつをもらったらしい。

だが先ほど空腹か聞いたとき、確かにお腹がすいたと言っていた。

「あにちゃ、さりあ、おなかいっぱいだからたべて！」

——ぐー
同時にサリアのお腹が鳴った。

サリアは自分のお腹が鳴ったことが、俺に気付かれたと思っていないのだろう。

笑顔のまま、干し肉を俺に差し出している。

「……そうか、ありがとう。兄がいただこう」

「うん！　たべて」

俺は少し考えて、サリアからもらった干し肉を食べる。

まずい干し肉のはずなのに、サリアがくれたというだけでものすごくおいしい。

「サリア。ありがとう。すごくおいしいよ」

「えへへー」

「そうだ。アルティに聞いたんだが、食堂でご飯を食べていいらしいぞ」

それが俺が干し肉を食べた理由の一つでもある。

サリアが勇者の学院のご飯を食べることができるなら、サリアの好意を素直に受け取りたい。

干し肉には愛情がたっぷり詰まっているが、栄養はそうでもない。

サリアは勇者の学院の栄養あるご飯をお腹いっぱい食べるべきだ。

「ほんと？　しょくどうでたべれるの？」

「ああ。しかも、いくらおかわりしてもいいらしい」

「すごい！　おかわり！」

「ルンルンの分も食事をもらえるらしいから、安心するといいぞ」

「わふぅ！」

それを聞いたルンルンも尻尾をビュンビュン振った。神獣にはとても見えない。

俺の服の中では、フルフルがぷるぷるしていた。

「フルフルの分ももらおうな」

「ぴぎっ」

「じゃあ、食堂に行こうか」

「いく！」

「わわふ！」

「ぴぎぴぎっ」

そして、俺とサリア、ルンルン、フルフルは食堂へと向かった。

7. ウィルが去った後の神の世界

ウィルが師匠たちから加護をもらえていなかったことにショックを受けていたころ。

神の世界では、帰ったウィルのことを神々みんなで注視していた。

「やっぱり、ちゃんと姫が説明しないから！　ウィルが俺たちの愛情を疑ってるじゃないか」

剣神が怒りながら人神、つまり女神に食って掛かった。

女神は不満げに頬を膨らませる。

「なによ！　私のせいだって言うの！」

「明らかに、姫のせいだろう」

「なんで自分のせいじゃないって思えるんだよ、バカなのか？」

剣神に加えて、竜神まで女神に文句をつけ始めた。

「バ、バカって言ったわね！　バカって言う方がバカなんだからね！」

「うっさい、ばーかばーか」

「姫は少しは反省しろ！」

女神と剣神と竜神が喧嘩し始めたのを放置して炎神がつぶやく。

「姫が悪いのは、まあ当然として……」

「ああ、そうだな」

炎神に同意したのは魔神だ。

「魔神。あの装置もよくないよな。あれではウィルを測定できないではないか」

炎神は魔神をじろりとにらんだ。

ちなみに装置を作ったエデルファスの直弟子である小賢者は魔神の愛し子でもある。

魔神は自分の愛し子をかばうように、皆に言う。

「あいつは悪くないしすごく優秀だ。使徒という存在を知らないんだから仕方ないだろう」

「それはそうかもしれんが……」

「ウィルがかわいそうだ」

他の神々も、理屈はわかるが、納得できない。

そんな感じの表情をしている。

だが、

「ん？　つまりどういうことなんだ？」

そういって首を傾げたのは武神である。

とても力の強い神だが、あまり賢くない。いわゆる脳筋というやつだ。

「まあ、武神にもわかりやすく説明するとだな……」

前世エデルファスは女神、つまり人神の愛し子だった。

だが、ウィルは人神の愛し子ではなく眷族、いわば人族の神獣なのだ。

説明を聞いた武神がうんうんとうなずく。

「つまり、犬神のルンルン、スライム神のフルフル。姫のウィルってことだな？」

「まあ、簡単に言えばそうだ。他にもいろいろ……いや、何でもない」

細かいことを説明しようとして、魔神はやめた。

武神は細かいことなどに興味がないことを知っているからだ。

人神は至高神の娘、つまり姫なので特別なのだ。

人神の眷族のことを神たちは「使徒」と呼ぶ。

そして、使徒の中でも複数の神から加護を与えられた者を「神々の使徒」と呼んでいるのだ。

武神はさらに首を傾げて、考える。

「で、寵愛値（ちょうあいち）測定で俺の加護が測定できなかったのはなんでだ？」

加護の強さは寵愛値の大きさとイコールである。

武神は自分の与えた加護が装置に測定されなかったことを疑問に思ったのだ。

魔神は自分の愛し子、小賢者のことを弁護する必要を感じて言う。

「それはだな。あれは人族の、人神以外の加護の大きさを測る装置なんだ」

「ふむ？」

「ウィルは純粋な人族でもない。眷族、つまり半神だ。だから、そもそも測れない」

魔神の言葉を聞いていた神々がうんうんとうなずく。

「そうだな、ウィルは俺たちの使徒だからな」

「眷族になれるようここで修業したんだものな。うん」

「測れなくても仕方ないんだ。武神、そういうもんなんだ」

神の世界に意識が飛んだのも半神であることが要因だった。

武神がはっとした表情になる。

「つまり、エデルファスの弟子の作った装置ではウィルは無能扱いされるってことか？」

「残念ながら、そうなるな」

魔神の返答を聞いて、他の神たちも騒ぎ始める。

「おい、何とかしろよ！」

「ウィルがかわいそうだろ！」

「魔神、お前の愛し子が作ったもんだろう？」

「ということは魔神にも責任があるんじゃないのか？」

魔神は他の神たちをなだめようとする。

「いやいやいやいや。愛し子が一生懸命作ったものだ。あれはあれでいい装置だ」

「今はそんな話はしていないぞ」

「そうだ、ウィルがかわいそうだって話をしているんだ！」

ウィルを思って騒ぐ神たちをなだめたのは、意外にも武神だった。

「まあ待て待て。愛し子のやったことまで責任を持てってのは無理があるだろう」

「……武神がまともなことを言っている」

驚いた神たちが黙って武神の発言の続きを待つ。

「それにだな。ウィルなら劣等生扱いされても問題ないだろう?」

「根拠は?」

「ウィルは俺の弟子だからな。不当な評価ぐらいはねのける」

「そうか、そうだな。俺の弟子だもんな」

「ああ、俺の弟子だからな」

神々は、互いに顔を見合わせて、うんうんとうなずいた。

「ウィルの活躍を安心して見守ろうじゃないか」

「そうだな。弟子を信じよう」

「ああ」

多くの神々が優しい目でウィルを見つめ始めたころ。

いまだに、女神と剣神と竜神はもめていた。

「竜神こそ!　ちゃっちゃと自分の神獣をウィルのために送りなさいよ!」

「厳選してるんだよ!」

「そんなのさっさと済ませなさいよ!」

「それにスライムや犬と違って、竜は目立つだろうが。タイミングが大切なんだよ!」

「タイミングぐらいどうにでもできるでしょうが!」

「気楽に言ってんじゃねー」

「そうだ、女神は自分の義務を果たせよ！」

もめている三柱（みはしら）を見て、他の神々はあきれてため息をついた。

8. テイネブリス教団

託児所までウィルを送った後、アルティは勇者の学院本館の最奥へと向かう。

その足取りはウィルといる時よりもかなり速い。

ウィルは幼い。だからアルティは合わせるために歩調を緩(ゆる)めていたのだ。

アルティは本館最奥にある扉の前で足を止める。するとすぐに自動で扉が開かれた。

中にいる人物はアルティが近づいてきていることに、とっくに気付いていたということだ。

アルティはそのまま中へと入り、十歩進んで直立不動の体勢になる。

「お師さま。アルティ、ただいま戻りました」

「ご苦労だった。して、ウィル・ヴォルムスはどうだった？」

「八歳とは思えない立ち居振る舞いです。賢さも胆力もかなり高いと見ました」

「そうか。ふーむ……。やはり……」

アルティの師匠、剣聖ゼノビア・エデル・バルリンクは真面目(まじめ)な顔で椅子(いす)から立ち上がる。

ゼノビアは、ウィルの前世エデルファスの直弟子(じきでし)、つまり賢人会議を構成する一人だ。

ゼノビアは部屋の中をゆっくりと歩き回り始めた。それが考え込むときの癖(くせ)なのだ。

ゼノビアは人族の中でも長命で知られるエルフ。百二十歳だが老いていない。

百年前と変わらず、外見は美しい少女のままだ。

考え込み無言になったゼノビアにアルティは淡々と言う。

「ですが、ウィル・ヴォルムスの守護神は人神のみです」

「…………………まことか？」

「はい」

ゼノビアは驚き、足を止めて目を見開いて天を仰ぐ。

「やはり、違うのだろうか」

「違うとは？」

「……いや、なに。こちらのことだ」

「はい」

またゼノビアは考え込み、歩き始めた。

自分の周りをぐるぐると歩き回る師匠を、アルティは黙って見守った。

「……アルティ、何かおかしなことはあったか？」

「……」

アルティはしばらく考える。

師匠は自分に何を聞きたいのだろうか。

師匠の問いの真意が何か、アルティは改めて考える。

そんなアルティを見て、ゼノビアはため息をついた。

「あのな、アルティ。私はアルティを、今は試そうとしていない」

「はい」

「単に何か変わったこと、不自然なことがなかったか知りたいだけだ。なんでもいい」

「……そういえば、寵愛値測定装置の使用時に意識が飛んだ例はないか聞かれました」

ゼノビアが一瞬固まる。

「……お？　ふむ？　つまりどういうことだろうか」

アルティは黙ったまま待つ。

これは師匠の自問自答。そう判断したからだ。

「ミルトのやつに確かめねばならぬな」

ミルトとは、魔神の愛し子ミルト・エデル・ヴァリラス。小賢者だ。

エデルファスの直弟子、賢人会議を構成する一人にして、寵愛値測定装置の開発者。

「私が小賢者さまへの伝令を務めましょうか？」

「その必要はない」

「はい」

しばらく経って、ゼノビアはアルティに笑顔を向ける。

考えがまとまったに違いない。そうアルティは判断した。

「アルティ。ウィル・ヴォルムスについてどう思った？」

どうだった？　ではなくどう思った？　に質問が変わった。

つまり、客観的な意見は求められていない。

師匠に自分の主観的な感想を求められている。

そう考えたアルティは慎重に言葉を選ぶ。

アルティは師の言葉の真意を正確に読み取ろうと全力を尽くす傾向があるのだ。

「……とても、……ウィル・ヴォルムスは、とても優しい人物だと思いました」

「ふむ？　ほかには？」

ゼノビアはその回答に興味を持ったようで、アルティの正面で足を止めた。

「努力家です。妹思いで、冷静で理知的で、……前向きだと思いました」

「ほうほう。アルティはウィルについていい印象を持ったようだな」

「……そうかもしれません」

ゼノビアは再び歩き始める。アルティの周囲をぐるぐる歩く。

「アルティ。守護神は人神のみということだったが……」

「はい」

「ウィルの才能についてはどう考える？」

「……人神のみということは、特別な才能はないと考えるのが当然かと思います」

「そうだな。で、アルティはウィルの才能について、どう思う？」

どう考える？　からどう思う？　にまた質問が変わった。

より主観的な意見を求められている。

そう判断して、アルティは守護神を抜きにして、ウィルの素質を冷静に判断するよう努める。

アルティも見習いとはいえ、救世機関の一員。

そして、才能を見込まれ、剣聖の直弟子に選ばれたほどの実力者。

一般的な基準で言えば、すでに一流の武人である。

当然才能を評価する目は鋭い。

「……抜群の才能です」

「ほう？」

「私がこれまで生きてきた中で、あれほどの才能を見たことはありません」

さりげなく歩きながら、アルティはウィルのことを観察していた。

歩き方、身のこなし。魔力の抑え方。

そのどれもが八歳児のそれではない。

いや、救世機関の中にすら、あれほどの才能を持つ者はいないだろう。

恐らく賢人会議の方々に才能で並ぶのではないか？

そうとすら思えた。

ウィルの守護神が人神だけだと知ったとき、アルティはひそかに驚愕していたのだ。

「そうか。ならばアルティ。引き続きウィルにつきなさい」

「かしこまりました」

アルティに指示を出すと、ゼノビアは素振り用の剣で鍛錬を始めた。

それをアルティはじっと見る。

相変わらず素晴らしい形（かた）だ。素振りを見ているだけで勉強になる。

アルティが見とれていると、素振りの手を休めずにゼノビアが言う。

「アルティ。何か質問でもあるのか？」

「お師さま。なぜ私にウィル・ヴォルムスを連れてくるようにおっしゃったのですか？」

「ん？　すでに説明しただろう？　妨害が予想されるためだ」

アルティはその答えでは納得しない。

見習いとはいえ、仮にも救世機関の一員であるアルティが直接行く理由にはならない。

だから、アルティは無言で師匠ゼノビアを見る。

「…………」

「……まあ、納得できないだろうな」

「申し訳ありません」

「いや、いい。そのように深く思考することは大切だ」

「ありがとうございます」

そして、しばらくの間をあけて、アルティは師匠に尋ねた。

「厄災（やくさい）の獣（けもの）テイネブリス関連ですか？」

「まあ、そう思うのも無理ないわな」

そう言うと、ゼノビアは微笑（ほほえ）んだ。

「アルティ。ほかにはどのようなことを考えておるのだ？」

ゼノビアは弟子がどのように思考するのか聞いてみたいのだろう。

そう、アルティは判断する。

「私がウィルにつけられたのは、テイネブリス教団による妨害を警戒してのことでしょうか？」

魔王である厄災の獣には名が沢山ある。そのうちの一つがテイネブリスだ。

テイネブリス教団とは、厄災の獣を狂信的に信奉している秘密教団のことである。

公には知られていないが、元々救世機関はテイネブリス教団に対抗するために作られた組織だ。

実は厄災の獣に対抗するために作られたものではない。

賢人会議、つまりエデルファスの弟子たちは厄災の獣を完全に滅したと思っていた。

だから厄災の獣のために組織を作ることはありえなかった。

彼らはテイネブリス教団と暗闘していく過程で、厄災の獣が滅んでいないことを知ったのだ。

現在は厄災の獣対策と、教団との暗闘が救世機関の仕事である。

そしてアルティは救世機関の末席に名を連ねている。

そのアルティを賢人会議のゼノビアは動かした。

つまり、ウィルの保護はテイネブリス教団に関連していると考えるのが自然だろう。

「アルティは、ウィル・ヴォルムスの任務をテイネブリス関連だと、そう思うのか？」

「はい」

「ふむ。そうだな……」

ゼノビアは素振りの手を止めて少し考える。そしてアルティのもとへと歩いていく。

「まあ、上出来だ」

ゼノビアは優しく微笑み、アルティの頭をわしわしと撫(な)でた。

「ちょっと今は言えない理由があってな。話せるようになったら改めて話そう」

「はい」

「下がってよいぞ」

そして、アルティは深く頭を下げて退室した。

9. 入学試験

Hassai kara hajimaru Kamigami no Shito no Tensei Seikatsu

守護神の寵愛値の測定をした次の日。

俺はサリアとルンルンとフルフルと一緒のベッドで目を覚ました。

もう少し寝ていたかったのだが、ルンルンが顔をべろべろなめてくるので仕方ない。

「あにちゃ！　おはよう！」

「わふわふぅ！」

「サリア。おはよう。ルンルンも起こしてくれてありがとな」

「わふ」

ルンルンはどや顔になり、胸を張って尻尾を振った。

「あにちゃ！　おなかすいた！」

「わふ！」

「ぴぎぃ！　ぴぎぃ！」

「そうか、サリアもルンルンもフルフルもお腹がすいたか。じゃあ食堂に行こうか」

「うん！」

「わふぅ！」

「ぴぎっ！」

サリアは勇者の学院、その食堂のご飯を気に入ったようだ。

味がよく、栄養バランスに優れ、おかわりも自由なのだ。

サリアが気に入るのもよくわかる。

ルンルンもフルフルも昨日もらった従魔用の餌を気に入ったようだ。

「でも、ひろいのに、ぜんぜんひといなかったね！」

「そうだな。勇者の学院の生徒は実地研修でみんな外にいるらしい」

「そうなんだ！」

「もし、兄が勇者の学院の生徒になったら……」

「あにちゃなら、なれるよ！」

「ありがとう、サリア。でもな、そうなったら学院を留守にすることも少なくないんだって」

魔獣との戦いを実戦的に学ぶには、学院の外に行かねばならない。

場所によっては一泊や二泊では済まない場合もあるだろう。その間サリアは学院でお留守番だ。

本当は連れていってあげられたらいいのだが……。

「……さりあは、だいじょうぶだよ！　るすばんできる！」

「そうか、偉いな」

「えへへ！」

サリアは笑顔でフルフルのことをぎゅっと抱きしめた。

「ぴぎ?」

俺もフルフルをやさしく撫でる。フルフルは、こう見えてもスライム神の眷族らしい。

犬神もスライム神も、俺の師匠ではないのに、とてもありがたいことだ。

「スライムにもきちんと正式に名前を付けてあげないとな」

「ぴぎ〜」

フルフルは「嬉しい!」と思っているようだ。

フルフルの言っていることが俺はなんとなくわかる。

それも、スライム神の眷族だからかもしれない。

サリアはフルフルと呼んでいる。だから、俺もついフルフルと呼んでしまっている。

だが、正式にきちんとした名前をつけてあげたい。

幼児の時にルクスカニスをルンルンとつけてしまったのと同じ失敗は犯したくない。

だが、

「ふるふるはふるふるだよ!」

「サリアは、どうしてもフルフルって名前がいいのか?」

「うん!」

「ぴぎ!」

フルフルもフルフルでいいらしい。本人——(スライム)が気に入ったのならそれでいいだろう。

「じゃあ、お前は今から正式にフルフルだ!」

「ぴぎぴぎ〜！」

大喜びのフルフルも連れて、みんなで食堂に移動し朝ごはんを食べた。

「あにちゃ！　おいしかったね！」

「そうだな」

サリアがお腹いっぱいおいしいものを食べられる生活は素晴らしいと思う。

今までも栄養的には問題ない食事をとってはいたが、味はいまいちだったことが多い。

本家から与えられる食事は当然まずい上に量も栄養も足りない。

俺とルンルンが獲ってきた鳥や山菜や、家臣たちが分けてくれた食べ物で補っていたのだ。

家臣がくれる食べ物はおいしいものが多かった。

だが鳥や山菜は水で塩も使わずに煮るか焼くかしただけ。料理とは言えないレベルだった。

「サリア、苦労を掛けたな」

「あにちゃ、さりあ、くろうしてないよ！」

サリアは太陽のような笑顔を浮かべている。そんなサリアの頭を俺は撫でる。

そのとき、アルティがやってきた。

「ウィル・ヴォルムス。試験会場に向かいましょう」

「アルティ、出迎えはありがたいが……。アルティも忙しいんじゃないのか？」

「いえ。私は暇ですから。すごく暇ですから」

アルティはそんなことを言う。

見習いで仕事を回してもらえないのだろうか。なにかやらかして謹慎中とかだろうか。

とりあえず、アルティの業務については、あまり触れない方がいいかもしれない。

俺が配慮しようと考えていると、アルティは気にした様子もなく平然と言う。

「ルンルンとスライムは連れていかれますか？」

「スライムは正式にフルフルという名前になった」

「そうでしたか。では、ルンルンとフルフルは連れていかれますか？」

丁寧にアルティは言い直す。

「従魔だから、試験に同行させてもいいということか？」

「そうです。従魔を操る能力が優れていれば、それだけで合格できます」

俺はルンルンとフルフルを見る。

「わふ？」

「ぴぃ？」

「あにちゃ！　さりあはだいじょうぶだよ！」

俺は少し考えた。サリアを寂しがらせたくない。

とはいえ、もし入学することになれば、サリアを一人で待たせることもあるだろう。

慣れてもらった方がいいかもしれない。

「サリア。じゃあ、一人で待っていてくれるか？」

「うん、わかった！」

それから、サリアを託児所に預けて入試会場へと向かう。

入試会場は本館とも寮とも違う別の大きな建物だった。

「私はここまでです」

「アルティ。なにからなにまでありがとう」

「いえ。お気になさらず」

当然だが、入試なので受験生と試験官以外は会場に入れないらしい。

「御武運を」

「ありがとう」

俺はルンルンとフルフルと一緒に試験会場へと足を踏み入れた。

ルンルンは俺の横にぴったりつき、フルフルは俺の右肩に乗っている。

「獣くせーな！　おい！」

「ああ、鼻が曲がりそうだ！」

会場に入ってすぐ、本家の御曹司二人に見つかってしまった。

勇者の学院の入試会場に来てまで、本家の御曹司にかまってやる筋合いはない。

俺は無視してロビーを歩いて、奥へと進む。

ロビーには御曹司以外にもたくさん人がいた。全員が受験者なのだろう。

受験生の年齢は、上は三十歳前後の者から、下は十代の者まで幅広い。

受験生の中には元から知り合いだった者も多いようだ。談笑している。

恐らく、騎士や賢者の学院を卒業済みの受験者だろう。

受験生の平均年齢は、それなりに高い。御曹司たちは若い方だ。

そしてどうやら、今日の受験者には俺より若い者はいなさそうだ。

「ヴォルムス本家の嫡男(ちゃくなん)に逆らったんだ。とりあえず頭を下げる必要があるんじゃねーか？」

「ああ、ヴォルムス本家の俺たちに逆らったんだからな！」

御曹司たちはヴォルムス本家と言うとき、声を大きくした。

俺をいじめるついでに、周囲の受験生に自分たちの存在をアピールしているのだ。

恥ずかしいので、本当にやめてほしい。

今の俺はただのウィルとはいえ、前世は最も有名なヴォルムスなのだ。

ヴォルムスを名乗る者が恥ずかしいことをすると、俺も恥ずかしくなる。

「おい、ヴォルムスだって？」

「本家の公子って、二人とも守護神が四柱(よはしら)いるという、あの？」

アピールは効果があったようだ。受験生たちがざわめいた。

間抜け面の御曹司たちに守護神が四柱というのは意外だ。

御曹司たちは、いわゆる才能がある方なのかもしれない。

どの神かは知らないが、見る目がないにもほどがある。

御曹司に加護を与えるぐらいなら、俺に加護をくれればいいのに。

「おい！　無視してんじゃねーぞ」

十五歳児に怒鳴りつけられる。

相手にするのも面倒だ。言葉をかける価値もない。

「喧嘩か？」

「あんなに小さい子なのに、入試前に痛めつけられたらかわいそうだ」

そんなことを受験生たちが話している。

それを聞いて、御曹司たちは機嫌がよくなったようだ。

「おい、クソガキ。土下座したら今は見逃してやるよ」

「ああ、あとでたっぷり痛めつけるのは変わらないがな。手心を加えてやってもいい」

無視して進もうとしたが、肩をつかまれた。

「おい、聞いてんのかクソガキが！」

「……土下座するわけないだろうが」

俺が反抗的な言葉を発すると思わなかったのだろう。

十五歳児はきょとんとする。

「……え？」

「え？　じゃねーよ。お前の方がよほどクソガキだろうが」

「て、てめえ」

「ヴォルムスの恥さらしが。これ以上家名を汚すな！」

俺が怒鳴りつけると、御曹司たちは顔をひきつらせた。

そして、数瞬固まったあと、顔を真っ赤にさせた。

「もう、許さねえからな！」

「ぶっ殺してやる！」

語彙力のない罵倒。むしろ心地がいいくらいだ。

暴力を振るわれたら、身を守るために適度に反撃してやればいいだろう。

だが十五歳児はいつものように俺に暴力を振るわなかった。

ここは勇者の学院。ヴォルムス本家の権力が及ばない場所だとわかっているらしい。

「クソガキ。お前も守護神寵愛値を測定したんだろう？」

「ああ、したな」

「なに、兄上に対等な口をきいてんだ！」

十二歳児がわめいているが気にしない。

「クソガキ。守護神は何柱だったんだ？」

「おい、クソガキ、早く答えろよ。ちなみに俺と兄上は四柱だ」

十二歳児はそう言いながら、周囲の受験生たちを見た。

十二歳児は受験生に聞かせたかったのだろう。

自分と兄が守護神を四柱持っているということが自慢なのだ。

十二歳児の思惑通り、他の受験生たちが少しざわめいた。

「やはり四柱持ちという噂は本当だったのか」

「流石は高名なヴォルムス家だ」

やはり守護神四柱持ちは、勇者の学院の受験生でも珍しいようだ。

受験生たちの会話が気に入ったのだろう。上機嫌の十二歳児が煽ってくる。

「おい、クソガキ、さっさと何柱だったか答えろよ」

十二歳児は俺が四柱より少ないと確信しているようだ。

そして、残念ながらその確信は当たっている。

「一柱だ」

隠してもすぐにばれることなので、正直に俺ははっきりと言った。

その瞬間、御曹司たちは満面の笑みを浮かべた。

「ん？」

「なんだって？　もう一回言ってくれ」

十五歳児は聞こえただろうに、大きな声で復唱を要求してくる。

周囲の受験生にも聞かせたいのだろう。だが、俺の声は、すでに他の受験生にも聞こえている。

そのぐらいの声量で、俺は話しているのだから。

受験生たちが少し同情的な目を向けてくる。

そのほとんどは悪意の含まれた同情ではない。

受験生には努力して技量を高めてからの再受験組も少なくないのだ。

「ほらほら、早く言うんだよ」「はっきりと言え。何柱だって？」

「聞こえなかったのか？　頭だけでなく耳まで悪いんだな」

「……は？」

煽っておいて、煽り返されることが意外だったのか、十五歳児はきょとんとした。

「てめえ、クソガキ！　兄上に向かってなんていう口のきき方を……」

「売春婦の息子が！」

「売春婦の息子のくせに調子に乗りやがって！」

母がそのようなことをしていた事実はない。

だが、母の身分は高くはなかった。

そんな母が父を射止めたことを、口さがない者たちの中には悪く言う者もいた。

曰く身体を使ってどうのこうのとか、そういう品のない噂だ。

だから十五歳児は売春婦と言ったのだろう。

さすがに母を侮辱されて、黙っているわけにはいかない。

俺はポケットから手袋を出して、十五歳児の顔面に投げつけた。

昔ながらの決闘の申し込みだ。

様子をうかがっていたほかの受験生たちが一斉に大きくざわめいた。

自分のことはともかく、母を侮辱されて黙ってはいられない。

黙っている方が賢いとしても、それをよしとは俺は思わない。

俺の手袋が顔面に直撃した十五歳児は顔を真っ赤にした。

「クソガキが俺に決闘だと？　身の程知らずが！」

「まさか、ヴォルムス本家の公子、それも四神が、一神の八歳児にビビっているのか？」

「そんなわけないだろうが！」

そこで、もう一つの手袋を十二歳児の顔面にも投げつける。

弟の方も母を侮辱したことには変わりない。

「俺は二人同時で構わない。いつでもかかってこい。先手はとらせてやる」

「は？　てめえ、バカにしてるのか？」

「クソガキが！　ふざけやがって！　兄上、身の程を思い知らせてやりましょう！」

十五歳児は少し考えて、にやりと笑った。

「クソガキ、お前は負けたらヴォルムスの名を捨てろ」

「ああ、わかった。それだけでいいのか？」

「強がってるんじゃねえ。お前なんてヴォルムスの名を捨てたら野垂れ死にだ！」

それはお前らの方だろう。そう思ったが言う必要もない。

「俺が勝ったら、お前らは発言を取り消した後、土下座して母の墓前で詫びろ」

「お前が勝つことなんて、天地がひっくり返ってもありえねーよ」

十五歳児がそう言って十二歳児と一緒に機嫌よく笑い始めたとき、入り口の扉が勢いよく開かれた。

入ってきたのは中年の男。

身のこなしから判断するに、なかなかの力量の持ち主とみた。

「筆記試験の試験官をしにきたら、随分と面白（おもしろ）そうなことになっているじゃないか」

そう言いながら、俺たちの方を見て微笑（ほほえ）む。

どうやら試験官らしい。恐らく救世機関の人間だろう。

外からやってきたのに、俺たちの事情をすでに把握しているようだ。

魔道具か何かで、ロビーの様子を観察していたのかもしれない。

男は優しく笑みを浮かべながら言う。

「許可のない生徒同士の決闘は禁止だ」

「俺はまだ生徒じゃない」

「そうだな。だが、受験生も生徒に準じる扱いだ」

それを聞いて、十五歳児が吐き捨てるように言った。

「命拾いしたな、クソガキ！」

「ああ、存分に痛めつけてやれたのにな」

十二歳児の方は心底残念そうだ。弟の方が自信家らしい。

「俺が介添人をしよう。場所を移して決闘を始めるぞ」

「え？」

十五歳児は驚いてぽかんとしている。

「え？　じゃないだろう。決闘したかったんだろう？」

「ですが、これから筆記試験なのでは？」

「こんな状態で筆記試験に集中できるか？　できないだろう？」

「そうだな、俺もそう思う」

亡き母の名誉を回復しないまま、筆記試験に集中できるわけがない。

試験官は受験生たちに尋ねる。

「お前らも気になるだろう？　少し遅れてもいいか？」

受験生たちは、こくこくと素直にうなずいている。

「ということだ。安心しろ」

そして、試験官はすたすたと歩きだす。

「全員ついてこい。実技試験の会場も一足先に見せてやる」

「「はい！」」

受験生たちは目を輝かせてついていく。

受験生たちは決闘を見学するだけだから、気楽なものだ。

俺はその後ろをルンルンとフルフルと一緒に歩いていく。

「おい、クソガキ、痛めつけてやるからな。死んでも事故だ、覚悟しろ」

十二歳児が俺の近くにわざわざ来て、そんなことを言う。

「せっかくのお言葉だが、この歳で殺人者になるのはちょっとな」

「……？」

俺の皮肉の意味が分からなかったようだ。きょとんとしている。

「安心しろ。命だけはとらないでおいてやるって言ってるんだ」

十二歳児の顔が真っ赤になった。

「てめえ！」

激高して殴りかかろうとした十二歳児に試験官が言う。

「おいおい、やる気ありすぎるだろ。すぐつくから大人しくしておけ」

「ふん。お前を痛めつけるのが楽しみだよ」

捨て台詞（ぜりふ）のように言って、十二歳児は小走りで先に行った。


しばらく歩いて、広い会場に到着する。

床は土でできていて、壁と天井（てんじょう）には魔法陣が刻まれている。

恐らく床の土の下にも魔法陣が刻まれているのだろう。

多少の魔法では壁も天井も破れまい。被害の拡大を防ぐことができそうだ。

そして、会場には俺を学院まで連れてきてくれたアルティがいた。

アルティは俺に気付いて小さく会釈（えしゃく）した。

「アルティ。準備中にすまないな。受験生に血気盛んなやつらがいてな」

どうやらアルティは実技試験の会場準備をしていたらしい。

アルティは救世機関の見習いだ。いろいろな雑用があるのだろう。

「はい。決闘ですか？」

「そうだ。場所を借りる」

「わかりました」

試験官は俺たちに向けて言う。

「さて、ウィル・ヴォルムス。ダナンとイヴァンの兄弟。前に出なさい」

試験官に促されて俺と御曹司たちは前に出る。

ちなみにダナンは十五歳児、イヴァンは十二歳児のことだ。

当然といった様子で、ルンルンとフルフルも一緒に前に出る。

試験官はルンルンたちに一瞬目をやったが、何も言わない。

従魔ならば、一緒に戦うのは当然という判断なのだろう。

「ウィルが勝てば、ダナンたちは発言取り消し、ウィルの母に土下座して詫びる、だったな」

「そうだ」

「ダナンたちが勝てば……。ウィルは家名を捨てるだったか？」

「その通りです」

試験官はやってくる前に話し合われた条件を知っている。

やはり、ロビーをしっかり監視していたのだろう。

「ウィル。構わないのか？　条件が釣り合っていないが」

「まったくもって構わない」

俺の答えを聞いて、試験官が真剣な顔で言う。

「ウィル。一対一を二回じゃなくていいのか？」

「いや、面倒だから一対二で頼む」

試験官は俺を下から上へと舐めるように見た。

それからダナンとイヴァンを見る。

「まあ、ウィルが希望するなら構わないが……。一対一と一対二では相当難度が違うぞ」

「わかっている。だが、こいつら程度なら問題ない」

ダナンとイヴァンの顔が真っ赤になった。

侮辱と捉えたのだろう。

ふと気が付くと、アルティはもういなかった。

俺たちの決闘のせいで、会場準備を進められなくなった。

だから、別の仕事を先にすることにしたに違いない。

あとで仕事を邪魔してしまったことを、アルティに謝っておこう。

俺がそんなことを考えていると、試験官がダナンたちに尋ねる。

「ということだが、お前らはウィルと二人で戦うというのでいいか？」

「あまりに力の差がありますが……。ウィルが望むのなら仕方ありません」

ダナンは口では残念そうに言うが、顔はものすごくにやけていた。

「調子に乗ったことを後悔させてやる。これは教育だ！」

イヴァンも勝利を確信して、顔をにやけさせていた。

「両者の合意がとれたな。ではウィルとダナン、イヴァンとの決闘を行う。急いで準備しろ」

「ルンルン。フルフル。少し離れててくれ」

「がう？」「ぴぎぃ？」

ルンルンとフルフルは「なんで？　ぼくたちも戦うよ？」と目で言っている。

「ルンルン、フルフル。あいつらぐらい俺だけで大丈夫だ」

「がぅ……」「ぴぎ……」

少ししょんぼりしながら、ルンルンとフルフルは後ろに下がっていった。

試験官が俺を真剣な目で見つめてくる。

「おい、ウィル。従魔も使わないのか？　大丈夫か？」

「大丈夫だが？」

「慢心ではないのか？」

「まったく」

「……もしや、ヴォルムスの家名を捨てたいから、わざと負けようとしてないよな？」

「まさか。わざわざ捨てるほどの名前でもないだろう」

「……念のために言っておくが、俺は審判は公正にする」

「当然だ」

「ウィルが年下だろうが、数が不利だろうが、ひいきすることはない」

「多少、向こうをひいきしてくれてもいいぐらいだ」

「そこまで言うなら、もはや止めない。好きにしろ」

その話を聞いていたダナンとイヴァンは、全身に怒りをみなぎらせていた。

「両者とも準備はいいか？」

「俺はとっくに準備完了してる」

「ダナン・ヴォルムス、準備完了しております」

「いつでも、ぶちのめしてやりますよ！」

試験官は小さくうなずくと、静かに言った。

「準備が済んだのなら、さっさと始めろ」

だが、ダナンもイヴァンも杖(つえ)をこちらに向けたまま動かない。

ずっと俺をにらみつけている。

俺にとって、ダナンもイヴァンも慣れた相手だ。

何度も一方的に殴られているからだ。力量も癖(くせ)も熟知している。

早くかかってこないかなと、俺がダナンとイヴァンを見ていると、

「グズグズするんじゃねぇ！　このノロマが！」

「こっちは、さっさと始めたいんだよ！　グズが！」

ダナンとイヴァンが罵(ののし)ってきた。俺は笑顔を浮かべて返答する。

「……まだ決闘が始まっていないと思ってるのか？」

「は？」

「何言ってるんだ？」

ダナンとイヴァンはきょとんとした。

先ほど試験官が準備が終わったか尋ね、それに両者とも完了したと答えた。

そして準備が済んだのならさっさと始めろと指示が出た。

つまりその時点で決闘は始まっている。

俺は全身に魔力を流して一気に間合いを詰めた。

そして、ダナンの首を左手でつかむ。

「構えてなくても、お前らぐらい秒で殺せるんだ」

「ひ、卑怯だぞ！」

「そうだ！　兄上を離せ、クソガキ！」

「実戦でもそう言い訳するつもりか？　敵に今のはずるいって死んでから抗議するつもりか？」

「だ、黙れ！」

「こんなのは無効だ！　それに手で首をつかんでるだけじゃないか！」

俺は手に少しだけ力を込めた。

「このまま首をへし折ってもかまわないが、そうしてほしいのか？」

ダナンの顔が真っ赤になった。

「ま、待て！　く、苦しい」

「おらあ！」

ダナンに俺の意識が向いていて、隙だらけだと判断したのだろう。

イヴァンが剣を抜いて襲い掛かってきた。

その剣を持つ右手を足で蹴り上げる。剣が飛んで床に転がった。

ダナンも腰の短剣を抜いて、反撃しようとした。

その手を右手でつかんでひねり上げる。

「ぐああああ」

ダナンは悲鳴を上げた。

慌てて剣を拾いなおしたイヴァンが叫ぶ。

「こ、この卑怯者！」

「まったくもって卑怯な要素はないんだが」

介添人を務める試験官があきれた様子でため息をついて言う。

「そろそろ、いいか」

試験官は俺の勝利宣言をしようとしているのだろう。

だから、俺はあえてダナンの首から手を放す。

そして大きな声で言う。

「卑怯な要素はないが、納得は必要だ。しばらくお前らの攻撃を受けてやる」

「なめやがって」

ダナンが悔しそうに吐き捨てた。

「俺がなめてなかったら、お前らはもう死んでる」

「後悔するなよ！　クソガキが！」

そしてダナンとイヴァンは小さな声で詠唱を始めた。

すぐに二人の周囲に羽虫が集まり始める。

恐らく虫を操る魔法だろう。なかなかの数だ。

まるで黒い靄のように見えるほどだ。

一匹一匹の羽音は小さいが、数万匹集まるとかなりの音になる。

二人掛かりの魔法とはいえ、そう弱くはないように思える。

実際、受験生たちの中には驚いている者も少なくない。

ダナンが勝ち誇って、大声でアピールし始めた。

「どこに逃げても無駄だ」

「どれだけ素早く動こうが、数万匹の虫を避け続けるのは不可能！」

「クソガキ。ただの虫じゃないぞ！　一刺しで充分死ねるほどの毒虫だ」

「どんな鎧を着ていても無駄だ。呼吸するための隙間があれば、侵入してお前を殺す」

ダナンとイヴァンは随分と自信があるようだ。

確かに大量の毒虫は使い方次第で、かなり強力だ。

「そんな虫、どこに隠してたんだよ」

魔力の流れから判断するに、別のところから召喚したわけではない。

用意していた虫を操っているのだ。

事前に用意していたとしても、数万匹の虫を操るのは簡単ではない。

「おい、クソガキ。土下座したら許してもらえるかもしれないぞ」

「さっさと頭を下げるんだよ！」

ダナンもイヴァンも勝利を確信して、ニヤニヤしている。

「いいから、さっさと攻撃を始めろ。しないなら、またこっちから行くぞ」

「ふざけやがって」

「死んで後悔しろ！」

羽虫が一斉に俺に向かって飛んできた。

俺は小さな火球（ファイアー・ボール）で迎撃する。

守護神が一柱でも、練習次第で充分出せる程度の大きさにしておいた。

ほかの受験生から怪しまれないようにだ。

「そんな小さな火球でどうしようって――」

笑うダナンの目の前で、火球は虫の集団に当たる。

その瞬間、小さな火球をぼわっと拡散させた。

拡散させることは火球が使える魔導師なら誰でも使える基本的な技術。

だが、それだけで虫は当然焼け落ちる。

「飛んで火にいるバカの虫」

「てめえ……」

使い方次第でかなり強力だと思うが、肝心の使い方がなってない。

せっかく小さな羽虫を操れるのだ。

敵に気付かれないよう羽虫を動かさなければ、利点の大半が消えてしまう。

「虫だって生き物なんだ。命を粗末にするな」

「焼き殺したお前が言うんじゃねえ」

「俺が虫を殺すのは当たり前だ。襲ってきたら殺すしかないだろう」

ダナンたちは少し頭を働かせさえすればよかったのだ。

たったそれだけで、虫を正面から突っ込ませることがいかに愚かか気付けたはずだ。

「もうお前らの攻撃は終わりか？」

「なめやがって！　俺たちの攻撃が虫だけだと思うな！」

ダナンもイヴァンも四柱の守護神がいる。

つまり人神と虫神以外に二柱の守護神がいるはずだ。

得意な攻撃がまだまだあるのだろう。

「まだ自慢の攻撃があるなら、さっさとしろ」

俺はダナンたちに向けて挑発する。

本気を出す前に倒されたとか言い訳されても面倒だ。
相手の得意とする攻撃、心のよりどころをすべてへし折ってしまった方がいい。
徹底的につぶした方が逆恨みされないものだ。
ヴォルムス本家の力で嫌がらせをされても俺一人ならどうとでもなる。
だが、サリアはまだ自分で自分の身を守れないのだ。
俺とは二度と関わり合いになりたくない。そう思わせなければならない。
「クソガキが！」「さっさと死ね！」
ダナンとイヴァンが魔法を連射してくる。
殺意のこもった攻撃だ。威力はともかく単調すぎて話にならない。
俺は難なくかわしていく。
攻撃を見ているうちにわかる。
ダナンの守護神は人神、虫神、岩神、風神の四柱らしい。
そしてイヴァンの守護神は人神、虫神、岩神、土神だ。
組み合わせれば色々有効に使えそうだ。
だが、使いこなす頭脳がなければ宝の持ち腐れ。
ヴォルムス本家の魔法教育がよくないのかもしれない。
戦闘魔術で名をなしたヴォルムス家ともあろうものが情けない。
戦闘を続けていると、ダナンがわめき始めた。

いつまでたっても攻撃が当たらないのでしびれを切らしたらしい。

「虫みたいに逃げ回りやがって！」

「単調すぎて、かわすのが楽だ。もう少ししっかり考えろ」

「ふん、強がりを！」

「もう、充分時間は与えた。これ以上は時間の無駄だろう。こっちから攻撃させてもらう」

そして、俺は直径〇・二メートル足らずの水球（ウォーター・ボール）を二つ作った。

俺の作った水球を見て、ダナンとイヴァンは笑う。

「魔法で球を作るなら、せめて火にしろ！」

「そんな小さな水球をふよふよさせてどうするんだ！　水遊びならよそでやれよ！」

「どうするって……こうするんだよ」

俺はゆっくりと水球をダナンたちに向けて飛ばす。

「俺たちをなめてるのか？」

「守護神が一柱のお前の魔法ならこんなものなんだろうな！」

「さっき使った、小さな小さな火球の方がいいんじゃないか？」

二人が笑っている間に、水球はどんどん近づいていく。

目の前に来た水球をダナンが剣で斬（き）り裂いた。

当然だが、剣で斬ったところで、どうにもならない。

イヴァンが詠唱して火球を作り、水球にぶつける。

火球が当たった瞬間、「じゅっ」という音が鳴り、火が消えた。

直径〇・二メートル足らずの水球を蒸発させるには、火力が圧倒的に不足している。

二人はどんどん近づいてくる水球に少し慌て始めた。

そうして、火球をどんどん作ってぶつけ始めた。

詠唱速度が速くなり、それに伴い雑になる。

徐々に水球の温度が上がっていくが、消えたりはしない。

「クソが！」

「気味の悪い魔法を使いやがって！」

一般的な水球なのだが、気味が悪いらしい。

普通と違うのはゆっくり飛ばしていることぐらいだ。

ダナンとイヴァンがついに逃げだす。

「今までのお前らの行動の中では一番正解に近い。だが……」

会場は広くない。

少し水球の速度を上げるだけで、あっという間に追いつける。

「クソが！」

隅に追い詰められたダナンが、再び剣で水球に斬りかかる。当然、斬れるわけがない。

そのまま水球は近づき、ダナンの顔をすっぽりと覆った。

「ごぼごぼぼぼぼぼぼぼぼ」

「く、来るな……ごぼごぼぼぼぼぼぼ」

ほぼ同時にイヴァンも水球に捕まる。

呼吸ができなくなれば、人族は大きく活動を制限される。

魔法の発動に詠唱を必要とする一般的な魔導師は特にそうだ。

詠唱を必要しない熟練の魔導師でも、呼吸できなければ集中力も思考力も格段に落ちる。

「まあ、これで終わりか」

ダナンもイヴァンも何もできまい。あとは気を失うのを待っているだけでいい。

そう思ったのだが、そこでダナンの顔を覆う水球がどんどん小さくなっていった。

「ほう？」

俺は少し感心した。

ダナンは水をごくごくと飲んでいるのだ。それを見てイヴァンもごくごく飲み始める。

二人ともあっという間に飲み干していく。お腹はタプタプに違いない。

「大したものだ」

せっかく俺が褒めたのに、ダナンもイヴァンも激怒していた。

「もう許さねえからな！」

「楽に死ねると思うな！」

だが、その威勢も一瞬で消え失せる。

ダナンもイヴァンも、顔が真っ青になり、冷や汗をだらだらと流し始めた。

「てめえ、毒を、毒を盛りやがったな！」「卑怯な！」

「俺ほど正々堂々戦っているやつはいない。卑怯者呼ばわりするのはやめてもらおうか」

「毒なんか使いやがって！」

「毒虫を使っていたやつが何を言う。それにそもそも俺は毒を使っていない」

「じゃあ、なんで……」「……どんな魔法を使ったんだ」

ダナンもイヴァンもお腹を押さえている。腹痛に襲われているのだ。

「そもそもだ。体内に魔法の効果を及ぼすのは難しい。それは治癒魔術の領域だ」

体内に魔法を及ぼせるなら、心臓か脳の血管を少し傷つければ人は簡単に死ぬ。

ほとんどの対魔獣戦や対人戦において、血管を傷つける以外の攻撃魔法は必要なくなる。

治癒魔術を行使できるのは、被術者が抵抗せず受け入れるからだ。

たとえ、抵抗せずに受け入れたとしても、治癒魔術は難度が高い魔法なのだ。

それほど、他人の体内に魔法の効果を及ぼすのは難しい。

「お前らは俺がすでに魔法で操っている、つまり俺の支配下にある水を自ら受け入れたからだ」

「それが、それがどうした！」

「すでに支配下にある水を、体内に移動した後も支配し続けるのはそう難しくはない」

本当はコツをつかむのが、それなりに難しい。

だが、みっちり三か月も練習すれば、水魔法の使い手なら使えるようになるだろう。

「魔導師が操っている物体をうかつに体内に入れるな」

「くそがぁあ」

「冷たい水が体内をぐるぐる動き回るんだ。体調も悪くなる。当たり前だ」

俺はダナンたちが飲んだ水をそのまま支配し続けている。

そして胃袋から、小腸、大腸へと流し込んだ。

そんなことをすれば、当然の帰結としてお腹をひどく下す。

「どうする？　降参してトイレに駆け込むか？」

「ふざけるな！　俺が一神のクソガキに負けるわけねーだろうが！」「死ね！」

ダナンたちは魔法を詠唱したが発動しない。

あまりにお腹が痛くて集中できないのだろう。

基礎的な反復練習をさぼるから、集中できない状態でも発動できるようにならないのだ。

「クソが！」

体調が悪そうなまま、ダナンとイヴァンは剣を抜く。

そして、俺に向かって襲い掛かった。だが、俺に駆け寄る途中で――

「あああああああああ」「あああああああああ」

ダナンとイヴァンは、ほぼ同時に地面をひどく汚した。

漂う悪臭に受験生たちから悲鳴が上がる。

「なんて臭いだ」「うわぁ」

あまりの臭いに涙目になっている受験生もいるぐらいだ。

そして、ダナンとイヴァンは泣きだした。

「ううううう」『あぁぁぁぅ」

少し攻め方を間違ったかもしれない。本当は地上で溺れさせる予定だったのだ。

溺れるのはとても苦しい。

どうあがいても逃れられない苦しみの末に気を失えば、心に恐怖を刻み込める。

ダナンが機転を働かせて水を飲んでしまったので、溺れさせるのは失敗してしまった。

だが、屈辱を与えて、心を折ることには成功したと思う。

肝心なのは俺に恐怖を感じてくれたかどうかだ。

念のためにダメ押ししておくべきだろう。

俺は悪臭を我慢して二人に近づき、右手でダナン、左手でイヴァンの胸倉をつかむ。

そして、二人の耳元に顔を近づけた。

声に魔力を込めて、疑似的な竜の咆哮を作って語り掛ける。

「二度と俺に関わるな」

「ひぃ……」

「あぁ……」

ダナンもイヴァンも新たに液体を出して地面を濡らした。

最初からこうすればよかった。

ひょっとしたら、この汚れた会場をアルティが掃除させられるのかもしれない。

それはとてもかわいそうだ。このあとすぐに俺が掃除しよう。

それにしても、この御曹司に寵愛を与えた神はセンスがまったくない。

俺は御曹司二人の胸倉をつかんだまま、天に向かって言う。

「まったくもってセンスを疑う。こいつらが本当に寵愛にふさわしいのか？　そんなわけないだろうが」

その瞬間、これまで感じたことのない不思議な感覚がした。

何かが流れ込むような、そんな感覚だ。

一瞬だったので、気のせいかもしれない。

その時アルティがいつの間にか戻ってきていることに気が付いた。

アルティの後ろには五人がついてきていた。

恐らく時間が押してしまったので会場準備の助手として連れてきたのだろう。

戦意を完全に失ったダナンたちを見て、試験官が宣言する。

「もういいだろう。そこまで！　勝利者、ウィル・ヴォルムス」

「あ……あぁ」

「あぁあ……」

ダナンとイヴァンは呆けた顔で座り込んでいる。

それを見て試験官はため息をついた。

「こいつらをこのまま筆記試験の会場に連れていくわけにはいかんな」

とても臭うので、他の受験生の迷惑になってしまう。

「すまない。やりすぎたかもしれない。筆記試験の前に掃除を手伝わせてほしい」

俺は試験官に申し出る。

筆記試験に遅れることになるかもしれないが、掃除は手伝いたい。

「そうだな。本当はこいつらに自分の出したものを掃除させたいんだが、無理だろうからな」

試験官は改めてダナンとイヴァンの様子を観察した。

「こいつらは、とりあえず医務室に運ぶしかないか。皆は――」

そこまで言って試験官は一瞬だけ固まった。誰も気付かないほど一瞬だ。

「――ウィル以外の皆は、とりあえず筆記試験の会場に移動しなさい」

「「はい！」」

ほかの受験生たちが、筆記試験の会場へと向かう。

その案内を務めるのはアルティが連れてきた者の一人だ。

同時に二人が、ダナンたちを運んでいく。

俺以外の受験生が全員いなくなると、試験官がアルティの方を向いて言う。

「あとはお任せしてよろしいでしょうか？」

「うむ。お主は予定通り試験を進めよ」

返答したのはアルティではない。その後ろにいる人物のうちの一人だ。

アルティの後ろにいる二人は、両者とも深くフードをかぶっている。

「ウィル・ヴォルムスは――」

「待たなくてよい」

「畏まりました」

そして、試験官は去っていく。

どうやら筆記試験の開始を待ってはくれないらしい。

私闘をしかけた罰だろうか。試験時間から掃除の時間を引くということかもしれない。

漏らしたダナンたちも医務室で寝ている間、筆記試験の時間から引かれるのだろう。

そうとなれば、急いで掃除するしかない。

アルティの話によれば、実技に比べれば筆記試験はほとんど重視されないとのことだ。

0点でも実技次第で合格できるらしいが、成績が悪いのは好ましいことではない。

「さて、急いで掃除するか」

俺が掃除を始めようとすると、アルティの後ろにいた人物の一人が、

「急がなくてもよい。そもそも、ウィル・ヴォルムスは掃除しなくてよい」

「だが……」

俺が何か言おうとするのを遮るように、もう一人が言った。

「ウィル・ヴォルムス。我らについてくるように」

「ちょっと待て。アルティ一人に、この汚物を清掃させるつもりか?」

「それもウィル・ヴォルムスが心配することではない」

「アルティ、この場は任せる」

「はい。お任せください」

それだけ言うと、アルティの後ろにいた二人はすたすたと歩き始めた。

「時間はとらせない。とりあえず掃除しやすくする」

俺は汚物がばらまかれた地面を炎の魔法で燃やす。

燃えることで悪臭が周囲に散らばらないよう風の魔法も駆使して調整した。

いったん土が溶けるまで熱してから、氷の魔法で冷やしておく。

「すこしガラス質になってしまったが、糞尿そのままより処理は楽だろう」

「ウィル・ヴォルムス。ありがとう」

アルティからお礼を言われた。

アルティの後ろにいた二人のうちの一人が言う。

「もうよいか？　ではついてきなさい」

「はいはい」

「わふぅ」「ぴぎっ」

俺が歩き出すと、ルンルンとフルフルも警戒しながらついてきた。

10．エデルの名を継ぐもの

俺は二人の後を歩きながら、様子をうかがう。
巧妙に魔力をごまかしているが、相当な実力者だ。
巧妙すぎて、ただの一流程度ではごまかしていることにも気付けないレベル。
性別もよくわからない。だが、わからないことにすら気付けない。
そんなごまかし方をしている。
恐らく救世機関のメンバーなのだろう。
こんな者たちが複数いるのならば、アルティが見習いというのも納得だ。
厄災の獣との戦いも楽になるだろう。
そんなことを考えているうちに、二人はどんどん奥へと歩いていく。
そして、一つの部屋の前で止まった。
「ウィル・ヴォルムス。入りなさい」
「わかった」
俺がルンルン、フルフルと一緒に中に入ると、二人も中へと入ってくる。
すると、すぐに扉が閉まった。

「お久しぶりです！」

俺は突然、後ろからぎゅっと抱きしめられた。

俺が抱きしめられた瞬間、ルンルンとフルフルが身構えた。

「ウゥーーーガウ！」「ピギィ！」

「ルンルン、フルフル。落ち着いてくれ」

「わふ」「ぴぃ」

ルンルンとフルフルはすぐに大人しくなった。

それでも、ルンルンはしっかりと俺の後ろの人物をにらみつけている。

そして、フルフルはルンルンの背から俺の右肩にぴょんと飛び移った。

何かあったとき、一緒に戦おうとしてくれているのだろう。

俺は後ろの人物に語り掛ける。

「……急にどうした？」

俺は後ろから抱きしめてきた人物が誰(だれ)か気付いていた。

俺の前世の弟子、剣聖ゼノビアだ。

今は賢人会議の一人剣聖ゼノビア・エデル・バルリンクだったか。

「師匠ですよね？」

「……どうしてそう思った？」

仮に俺がエデルファスの生まれ変わりだと察したとしても、いきなり抱きつくのはよくない。

うかつすぎる。どのような事情があるかわからないのだ。

後で説教してやらねばなるまい。

百三十歳ぐらいのはずなのに、まだまだ子供だ。

本当に賢人会議に所属して救世機関を運用し、世界一の権力者になっているとは思えない。

きちんと権力を掌握できているのだろうか。心配になる。

「お久しぶりです。師匠」

ゼノビアはかぶっていた外套のフードをとった。

外套自体が強力な魔法の品らしい。

魔力隠ぺいと変装の強力な効果は、この外套によるものだ。

そして、フードをとることで魔法の効果がオフになった。

「なぜ私が師匠の存在に気付いたのか、ですが……」

ゼノビアが語り始めかけた。

「いや、ちょっと待て。俺は君の師匠だと言ってはいない。なぜ決めつける？」

もともと弟子たちには会いたいと思っていたのだ。

そして、会った際には正体を明かす予定だった。

だが、決めつけられると「ちょっと待て」と言いたくなる。

「え？　でも師匠でしょう？　魔力の雰囲気がそっくりそのままですし」

「ヴォルムスの血筋なんだ。似ることだってあるだろう？」

「それは、私の……」

そう言って、ゼノビアの後ろにいた人物が前に出てフードをとった。

その人物は俺の前世の最期の時ぐらいには老けていた。

容姿はだいぶ変わったが、俺には誰だかわかる。

弟子の一人ミルトだ。最もオーソドックスな人間の魔導師だ。

ちなみに俺の弟子の中で一番若い。たしか百十八歳だったと思う。

今は賢人会議の一人、小賢者ミルト・エデル・ヴァリラスとして有名だ。

寵愛値測定装置を開発したのも、このミルトである。

「待って、ミルト、私に説明させて」

「わかった。ゼノビアに任せる」

説明を聞けば、なぜ俺だと判断できたのかわかるのだろう。

俺は大人しく弟子たちの説明を聞くことにした。

「まず、私が今年の勇者の学院の総責任者なんです」

ゼノビアは勇者の学院のトップである総長とのことだ。

賢人会議を代表して勇者の学院を監督するのだという。

「賢人会議はそこまで運営に口を出すのか？」

「後進の育成は我々にとって生命線ですから」

「勇者の学院の総長は賢人会議が持ち回りで務めて、教育の質を維持しているのです」

基本的にゼノビアが説明し、ミルトが補足する。そんな感じで説明は続く。

「師匠、それでですね。私が気付いたのは――」

ゼノビアが説明を再開する。

入学願書の書類に入っていた魔法の巻物(マジック・スクロール)が最初の引っ掛かりだったという。

「最初はヴォルムスの血筋に、師匠の素質を引き継いだ子が生まれたのかと思いました」

「なるほど。やはりあの魔法の巻物か」

「あれは素質のある者を見落とさないようにするためのものですから」

願書の書類セットの中に魔法の巻物があるのに気付いたときは、気前がいいと思ったものだ。

弟子たちは、優秀な人材を見落とさずに済むなら安いものだと判断したのだろう。

それがたとえ数年に一度だとしてもだ。

「魔法の才の持ち主ということで、ミルトに報告すると同時に、我が弟子アルティを派遣しました」

「アルティはゼノビアの弟子だったのか」

「はい。特に素質のある者は直接弟子にすることにしています」

アルティはその素質をゼノビアに見込まれているらしい。

確かにアルティは優秀だと俺も思う。

「もし、師匠の素質を引き継いだ子がいるなら、私が直接指導するつもりでした」

ミルトは笑顔で言った。

確かに魔導師の師としては、ミルトは最高の人物だろう。

「ですが、寵愛値測定装置で、守護神が一柱と聞きまして……」

「ああ、そうだな、俺の守護神は一柱だ」

「急いでミルトにどういうことが考えられるか尋ねたのです」

「ゼノビアから事情を聞いて測定装置のログを読むと、色々判明しました」

ミルトは、俺がアルティに意識が飛んだ者はいないかと尋ねた話なども聞いたらしい。

「総合的に判断して師匠の転生体。それも神の使徒となっての生まれ変わりと判断しました」

俺は確かに人神から神々の使徒と言われていた。とはいえ、守護神は一柱なのだが。

「それに師匠が対戦相手に使った水球の魔法は昔見せてもらいましたし」

「そうだったか？」

「はい。お腹を下させるところまで一緒でした」

ミルトは楽しそうに笑う。

「だから、私が師匠だと判断したのは勘とかじゃないんです！」

ゼノビアは力説する。

「だが、いきなり抱きつくのはまずい。もし違ってたらどうするんだ？」

「私が師匠を見間違えるわけありません」

「……どこからその自信が来るのかわからないが」

なぜか胸を張っているゼノビアの横で、ミルトはずっと笑顔だ。

「ですが、師匠。逆にもし私たちが気付かなかったらどうされるおつもりだったのです？」

「ん？　俺と本人しか知らない昔のエピソードとかを用意していた」

「ほほう？　どんなエピソードですか？」

「ゼノビアが四歳の時に。お化けが怖いと――」

「あっ！　ああああああーーっ！　師匠、わかりましたから！」

慌てた様子でゼノビアが俺の口を手でふさいできた。

子供の時の話なのだから、恥ずかしがらなくてもいいと思う。

それも、もう百二十年以上前の話なのだし。

とりあえず、弟子二人に俺がエデルファスの転生体だということはわかってもらえたようだ。

ゼノビアが嬉しそうに言う。

「それにしても、師匠はすぐ私だって気付いてくれましたね！」

「どうして、俺が気付いたと判断したんだ？」

「後ろから抱きしめたのに、警戒しなかったからです」

「なるほど」

抱きつかれても俺が警戒しない相手は弟子ぐらいだと言いたいのだろう。

今はサリアに抱きつかれても警戒しないが。

「ゼノビアはまったく変わってないからな。そりゃわかる」

「そんな、若いだなんて。師匠は相変わらずお世辞がうまい」

若いとは言ってないし、別に褒めたつもりもない。

エルフだから、変わらないのはあまり特別なことではないからだ。

なのに、ゼノビアはとても嬉しそうだ。涙すら流している。

俺は小さかったころそうしてあげたように、ゼノビアの頭を優しく撫でた。

今は身長が逆なので、背伸びしなければならない。

「うぅ、ううぅ………懐かしいです。ぅぅううう」

泣きやませるために撫でたのに、ゼノビアは号泣し始めた。

「そうだな。懐かしいな」

そう言って、俺はゼノビアの頭を撫で続ける。

それを見たミルトがしみじみと言った。

「本当に懐かしいです」

「ミルトは老けたな」

「はい。あれから百年ぐらい経ちましたからね」

魔力の質がよく、量が豊富な者は老化が遅い。

だから、ミルトも百二十歳近いのに七十代ぐらいにしか見えない。

いや、六十代に見えなくもないぐらいだ。

つまり、ミルトの老化速度は、通常の約半分ぐらいということだろう。

「晩年の俺の老け具合と、ほとんど変わらないな」

「……師匠にそう言っていただけると、すごく嬉しいです」

「ミルトの努力の成果だ。あれから頑張ったということがよくわかる」

「……ありがとうございます」

「それに、寵愛値測定装置の発想は素晴らしいものだった」

「……はい……はい、ありがとうございます」

ミルトもぼろぼろ涙をこぼし始めた。

仕方ないので、俺はミルトの頭も撫でてやる。

こうして二人を撫でていると、二人が幼かったときのことを思い出す。

二人とも泣き虫で、幼いころはよく泣いていたものだ。

俺は二人が落ち着くまで優しく頭を撫で続けた。

その間に、ルンルンとフルフルも警戒を解いたようだった。

しばらく泣いた後、恥ずかしそうにゼノビアが言う
「師匠。年甲斐(としがい)もなくみっともないところをお見せしました」

「いや、なに気にするな。俺も昔を思い出して懐かしかった」

「まったくお恥ずかしい」

ゼノビアはそう言って頬(ほお)を赤くする。

「そうだ。色々現代の事情を説明させていただきますね！」

「ああ、頼む。現代のことは八歳児並みにしか知らないんだ」

「立ち話もなんですから……」

ゼノビアに長椅子に座るように促された。その長椅子はとても座り心地がいいものだった。

ルンルンは俺の足元にちょこんと座る。フルフルはまだ俺の肩の上だ。

「すぐにお茶とお菓子をお出ししますね」

「気を使わなくていい」

「私が師匠とお茶を飲みたいのです」

そう言われたら断るのも悪い。百年ぶりの再会なのだ。

俺も弟子たちと旧交を温めたい。

ゼノビアとミルトが用意してくれたお茶を飲みながらお菓子を食べる。

「ふしゅーふしゅー」

ルンルンが机の上にあごを乗せる。とても鼻息が荒い。

「ぴぎぴぃ」

俺の肩の上にいるフルフルも激しく震え始めた。

ルンルンもフルフルもお菓子を食べたいのかもしれない。

「まあ、大丈夫か」

人間の食べ物を犬に与えるのはよくないと言われている。

だがルンルンは神獣なので大丈夫だろう。

フルフルはスライムなので、基本的に有機物なら何でも食べるので大丈夫だ。

「ゼノビア。ミルト。ルンルンとフルフルにお菓子を分けてもいいか？」

「もちろんです」

「ご随意に」

許可を得られたので、ルンルンとフルフルにもお菓子を分けた。

ルンルンもフルフルもおいしそうにお菓子を食べてくれた。

「あとで妹さまの分のお土産もご用意いたしましょう」

「それはありがたい」

そして、俺は雑談がてら、気になっていたことを尋ねた。

「アルティはゼノビアの弟子なんだよな？」

「そうですね。とても才能のある子です」

「そうか。いくら弟子とはいえ、汚物処理を一人でやらせるのはかわいそうだ」

「いえ、師匠、それは違いまして」

「何が違うのだ？」

俺が御曹司の汚物を掃除しようとしたとき、ゼノビアは不要だと言っていた。

ミルトが笑顔で言う。

「この学院には、私の開発した清掃専用ゴーレムが沢山配備してあるのですよ」

「ですから、アルティがスイッチを押すだけで掃除は終わりです」

それならばよかった。

我が弟子たちは汚物処理などの雑用をアルティに全部押し付けているのではないようだ。

「なるほど。余計なお世話だったな」

「いえ、そんな。久しぶりに師匠の魔法が見られて嬉しかったです」

ゼノビアもミルトも本当に嬉しそうだ。

「ところで、レジーナとディオンは今はどうしているんだ？」

レジーナもディオンも俺の弟子だ。

レジーナは勇者、ディオンは治癒術師である。

「レジーナとディオンは今は仕事で遠方です」

「師匠の転生体と出会えたことは、このあとすぐに報告しますので、それほど間をおかずに会えるでしょう」

「それは楽しみだ」

そして、俺は大切なことを思い出した。

「あっと、忘れていたが、俺は受験生だったんだ。筆記試験はそろそろ終わったころか？」

「そうですね。そろそろ実技に移るころです」

「筆記はあまり重視されないとは聞いたが……実技をさぼるのはさすがにまずいだろう」

受験生の中には田舎（いなか）の農村から出てきた字の読めない弓の達人などもいる。

だから、筆記試験の結果はほとんど考慮されない。

合格後の教育方針の参考にするために受けさせるのだとアルティは言っていた。

「あ、ご心配なく。師匠はすでに合格していますから」

ゼノビアが笑顔でそう言った。

どうやら、俺はすでに合格していたらしい。

念のために、勇者の学院の最高責任者であるゼノビアに尋ねる。

「まさかとは思うが、……不正ではないだろうな？」

「もちろんです。何か特出した能力を示すことができれば合格できるんで」

「師匠が見せた水球(ウォーター・ボール)の操作だけで合格できますよ」

当代一の魔導師でもある、小賢者ミルトも断言した。

御曹司との決闘で見せた水球のことだろう。

「あんなに小さな水球でいいのか？」

「大きさは問題ではありません。水球を敵の体内で二つ同時に動かすのは難度が高いですから」

「敵自ら飲んだ水を操作し続けただけだが……」

自分から飲んでいないのなら、とても難しい。

無理やり口の中に突っ込む時点で、こっちの魔力と敵の魔法抵抗との対抗が発生する。

その後も魔力と魔法抵抗との対抗の連続だ。

それに一度でも失敗すれば支配権が失われる。

自ら飲ませることができれば、敵の魔法抵抗が半分ぐらいになる。

「たとえ自ら飲んだのだとしても、あれができるのはそうはいないですよ？」

ゼノビアが言うと、ミルトもうなずいて同意する。

「救世機関の魔導師ならできるでしょうが……。勇者の学院の生徒には難しいですね」

「そんなものか」

「それに汚物処理で見せた火球も、充分合格できる水準でした」

御曹司たちの漏らした汚物処理のために土を焼いたことを言っているのだろう。

「手続き上は、学院の総長である私が推薦したというかたちにしておきますね」

「そうか。ありがたいが、ずるいことをしている気がしなくもないな」

「私が推薦しなければ、あの試験官が推薦したはずですし、一緒です」

「そうか？」

「試験官には、優秀な受験生を合格させる権利と義務がありますから」

「推薦での合格というのはよくあるのか？」

「よくはあることではありませんが、まれにはあります。私の弟子アルティもそうです」

「……まあ、能力だけで言えば、師匠の従兄たちも、合格水準ですから」

ミルトの言葉は俺にとって意外だった。思わず問い返してしまう。

「む？　ダナンとイヴァングらいで合格できるのか？」

「はい。数万匹の虫を操れるのなら、入学時の能力としては充分です」

俺の表情を見て、ミルトの言葉を補足する必要を感じたのだろう。

ゼノビアが慌てた様子で言う。

「師匠、ご安心ください。性格があれなので通しませんよ」

「もちろんです。そのためにロビーも監視しておりましたし」

「ということは俺とのもめごとも最初から見ていたのか？」

「はい。試験官登場のタイミングも、すべて偶然ではありません」

基本静観して、本格的にまずい事態になりそうな時だけ止めるという方針らしい。

「入試については、ある程度分かった。ということで救世機関について教えてくれ」

「はい。それではいちからお話いたしましょう」

俺はゼノビアとミルトから救世機関の成り立ちから説明を受けた。

魔王である厄災の獣テイネブリス。

それを信奉する狂信者たちとの暗闘のために強者を集めた。それが始まり。

そして、暗闘の過程で厄災の獣が滅んでいないことを知り。

今はその復活を阻止するために動いているという。

「厄災の獣を復活させたい者たちか。そんなやつらがいるのか？」

厄災の獣は大きな災害のような存在だ。人族にとって百害あって一利もない。

「狂信者の中には人族もいますが、その中心は魔人です」

「魔人か、それは厄介だな」

魔人はとても強力な魔物だ。

強い生命力と魔力を持ち、容易に討伐できるやつらではない。

「ゼノビアたちでも、一対一ならともかく、一対十ぐらいになれば苦戦するよな」

「お恥ずかしいことに、その通りです」

弟子たちはとても強い。人族の限界を超えるほどに鍛え上げられている。

それでも数が少なすぎる。多数の魔人と渡り合うのは簡単ではない。

弟子たちが救世機関という組織を作ったのは戦略として非常に正しい。

「ゼノビア。恥じることはない」

種族として人族と魔人では戦闘力が違うのだ。

人の戦闘力を中型犬に例えるなら、魔人の戦闘力は獅子に例えるべきだろう。

一人で十匹相手にできるようになるまで、どれほど研鑽が必要か俺にはわかる。

人族の限界を何度も超えなければならないだろう。

「師匠、普通の魔人なら確かに我らは一人で十匹は相手にできますが……」

「ミルト、その口ぶりだと、普通じゃない魔人がいるみたいじゃないか?」

「その通りです」

「我らが複数の力を合わせなければ倒せなかった魔人もいました」

それはいくら魔人とはいえ、強力すぎる。

「なるほどな。それもあって、なおさら救世機関を作ろうと思ったのか。理にかなっている」

「ありがとうございます」「恐縮です」

自分たち四人で力が足りないのなら、強力な味方を育てるのがいい。

それに弟子たちも老いていく。後進を育てるのは大切だ。

「それにしても、厄災の獣に人族の狂信者がいるとはな」

「功績をあげれば、魔人にしてもらえると信じているようです」

生命力も魔力も高く、寿命がない魔人に惹かれる者もいるのかもしれない。

「人間が魔人になるなど、そんなことが可能なのか？」

「はい。どうやら可能なようです。実際に人間が魔人に変わるところを私は見ました」

ゼノビアが実際に見たのなら、それは可能なのだろう。

ミルトとゼノビアの説明はまだ続く。

魔人の他にも、厄災の獣の眷族と呼ばれる恐ろしく強い獣がいること。

テイネブリス教団は、厄災の獣をより強い状態で復活させようと動いていること。

そのようなことを教えてもらった。

「レジーナとディオンは、教団との戦闘のために遠方に出向いているのです」

「なるほどな」

どうやら、賢人会議の者たちは交代で世界中を回って教団と戦っているらしい。

とても頼りになる。

話が一段落ついたところで、ゼノビアが言う。

「今度は師匠のお話をお聞かせください」

「そうだな。その必要があるだろう」

俺はどのような経緯でここにいるか二人に説明した。

特に弟子に隠すことはない。

死後、神の世界に行ったこと。神の弟子になって修行したこと。

記憶をいつ取り戻したのか、ルンルンとフルフルが神獣であることも説明した。

俺の話を聞き終わったゼノビアが深く息を吐いた。

「師匠、苦労なされたのですね」

「テイネブリスを倒すために、現世に帰ってきていただけるとは……とても嬉しいです」

ミルトはまた涙ぐんでいる。

そのとき、俺のひざの上に、ルンルンがあごを乗せた。

俺の右肩にいるフルフルもぷるぷるする。まるで俺に頬ずりしているようだ。

自分たちが神獣だと知って、何か思うところがあるのかもしれない。

「ルンルンもフルフルもいつもありがとうな」

俺は右手でルンルンを、左手でフルフルを撫でた。

しばらく考えていたミルトが言う。

「師匠は、今はまた鍛えているところということですね？」

「その通りだ。人神が言うには、ちょうど全盛期ごろに厄災の獣が復活するという話だったが」

「おお、それはありがたいことです」

「確かにありがたい話なんだが、あまり信用しない方がいいかもしれない」

あの人神がうっかりしている可能性は捨てきれない。

それにテイネブリス教団によって復活が早まる可能性を、人神が計算していたとは思えない。

「なるほど、つまり我らはこれまで通りテイネブリス教団と戦い続けるほかないわけですね」

「そうなる。ミルトたちには苦労をかけるな」

「いえ、とんでもないことです」

俺とミルトがそんなことを話している間、ゼノビアは部屋の中をぐるぐる歩いていた。

昔からゼノビアは考え込むと歩き回る癖がある。

すごく懐かしい。

「師匠、私、考えたのですが」

「どうした？」

「師匠にはこのまま勇者の学院の生徒になってもらうのがいいかと」

もともと俺はそのつもりだった。

だが、ミルトが眉間にしわを寄せる。

「師匠に、今更勇者の学院での教育が役立つとは思わないが」

「教育のためではなくて、素性を隠すためです」

「ゼノビア。詳しく説明してくれ」

「はい、師匠にアルティをつけたことと関係があるのですが……」

テイネブリス教団が優秀な生徒を攫う可能性があるためアルティをつけた。

もちろん妨害が予想されるので、何とかしてくれと家臣が頼んだのも理由の一つではある。

だが、それだけなら、精鋭中の精鋭である救世機関のメンバーをつけるほどではない。

そうゼノビアは語る。

「攫われることなんてあるのか？」

「まれにですが。それに、今年の受験生で実際に攫われかけた者もいます」

「それは穏やかじゃないな」

「はい。その受験生は運よく助かったのですが……」

失敗した教団のやつらが別の受験生にターゲットを移す可能性も当然考えられる。

「次に一番狙われやすいのは師匠だと判断しました。ヴォルムス家は師匠の係累ですからね」

「……確かにテイネブリス教団の注目を集めやすいと言えるでしょう」

ゼノビアの言葉にミルトは同意してうなずく。

「師匠は厄災の獣との戦いで切り札になるお方。敵に認知させたくありません」

「なるほど、了解した」

「師匠にとって学院など退屈かもしれませんが……」

「いや、そのようなことはない。配慮感謝する」

そして、俺は大切なことを告げる。

「それとゼノビア。ミルト」

「はい」「なんでしょうか？」

「今の俺を師匠と呼ぶな」

「……は、破門ということですか⁉」

「そうではない。ゼノビアに師匠と呼ばれたら一発で正体がばれる」

「な、なるほど。確かに……」

「これからはウィルとだけ呼ぶように」

「そんな！　師匠のことを呼び捨てになんて……」

「すべては厄災の獣を滅ぼすまでの間の話だ」

俺がそう言うと、ゼノビアはぎゅっと拳を握り締めた。

「……わかりました」

「ウィルの意思は理解しました。レジーナとディオンにも伝えておきましょう」

「ミルト、面倒をかけるな」

「いいえ、このぐらいのこと何でもありません」

その後、ミルトから魔道具である「通話の指輪」を受け取った。

「私が開発した新型です。何かあればすぐに連絡してください」

ミルトは誇らしげだ。

「ありがたい。これがあればレジーナとディオンとも話せるのでは？」

「話せますが……。直接会うまで信じるかどうか」

「それでもいい」

「わかりました。こうすれば……」

ミルトはレジーナとディオンに通話をつなげる間、ついでに操作方法を教えてくれた。

「つながったら、まず私たちが話しましょう」

「ミルトの言う通りです。レジーナたちも混乱するでしょうからね」

「確かにそうだね。そういうことなら頼む」

そして、通話の指輪が二人につながる。

「ゼノビアだ。今暇か？」

『遠征中の私が暇なわけないでしょう？』

この声はディオンだ。懐かしい。

『この前みたいな、ふざけた理由なら怒るぞ！』

この声はレジーナだ。二人とも元気そうでよかった。

「レジーナ、安心しろ。今日は私もいる」

『ミルトもいるのですね。それなら安心です』

『さっさと要件を話せ！』

勇者レジーナは相変わらずせっかちだ。

「実はだな……」

ミルトとゼノビアが、エデルファスの転生体、つまり俺と出会ったと報告する。

『お前ら……。疲れてるのか？』

「レジーナならそう言うと思った」

「信じなくてもいい。今度、学院に来たら会えるし、会えばわかることだ」

『……どうやら冗談ではないようだな』

『とりあえず、その転生体とお話しさせてください』

そうディオンが言うので、俺が語り掛ける。

「レジーナ。ディオン。久しぶりだ。百年ぶりだな」

『本当に師匠なら……お久しぶりです』

『私もまだ信用したわけではないですが……。お久しぶりです』

「詳しい話は今度会ったときにしよう。話ができて嬉しい」

『……はい』『……嬉しいです』

信じていないと言いながら、レジーナとディオンの鼻をすする音が聞こえた。

泣いているらしい。

泣き虫だったレジーナだけでなく、ディオンも涙もろくなったらしい。

歳のせいに違いない。

今ここで詳しい話をしても仕方ないので、この場は挨拶だけにとどめる。

仕事が済めばレジーナたちは帰ってくるらしいので、その時に話せばいいだろう。

11. 使徒の能力

Hassai kara hajimaru Kamigami no Shito no Tensei Seikatsu

レジーナたちとの通話も終わり、ゼノビアたちとも話し終わったころ。

アルティがやってきた。

アルティが入ってきても、ミルトはフードをかぶろうとしなかった。

つまり、ミルトはアルティに正体を明かしているということだ。

「お師さま。アルティ、ただいま戻りました」

「おお、アルティ。よいところに戻ってきた。改めて任務だ」

「はい」

「引き続きウィルにつきなさい。ウィルは学生となるが、上司だと考えて動くように」

ゼノビアは先ほどの話し合いの通り、俺のことをウィルと呼んでくれた。

それにしても弟子の前だからか、ゼノビアの態度がさっきよりもしっかりしている。

「畏まりました。お師さま」

「救世機関入りしているアルティに、学生の下につけという指示は不服かもしれぬが……」

「いえ、私に不服はありません」

「それならよいが……」

ゼノビアは少し心配そうに立ち上がると、アルティの場所まで向かう。

「アルティの実力に不満があるわけではない。むしろアルティのことは信用している」

「勿体(もったい)なきお言葉」

「ウィルのもとにつくことは、アルティにとってもプラスになるはずだ」

「はい」

アルティの頭をゼノビアがわしわしと撫(な)でる。

「我が命でアルティがウィルについていることは機密である」

それを聞いて初めて、アルティが少し考えるようなそぶりを見せた。

「お師さま。一つよろしいでしょうか?」

「言ってみなさい」

「それならば、私も学生として学院に通った方が自然なのではないでしょうか」

それを聞いていたミルトが言う。

「だが、アルティはすでに何度か受験生の前に顔を出しているが」

「すでに合格の決まっている総長の弟子が助手をしていても不自然ではありません」

ゼノビアはしばらく考えてうなずいた。

「確かに、アルティの言う通り、あらかじめ合格の決まっている教員の直弟子(じきでし)は珍しくない」

ミルトも言う。

「ふーむ。そういう弟子が助手を務める場合も珍しくはないな」

「はい」

「うむ。ではアルティ、入学式以降は学生の身分で通いなさい。教師たちには私から言っておく」

そしてゼノビアは俺の方を見る。

「ウィル。それでよいか？」

「もちろんです」

アルティの前で敬語を使わなければ、すぐにばれる。気を付けなければなるまい。


その後、アルティが元々の業務である報告を開始する。

「実技試験はつつがなく終わりました。合格基準点到達者は三十名です」

「まあ、例年通りだな。この後で未達者の推薦や性格審査を経て合格が最終的に決まる」

後半の説明は俺に聞かせるためのものだろう。

「アルティ。事故や怪我(けが)の類(たぐい)は？」

「重い怪我はダナン・ヴォルムスとイヴァン・ヴォルムスのみになります」

「ああ、ウィルとの決闘で負った傷だな？」

「いえ、そうではありません」

「ふむ？　どういうことか？」

アルティはダナンたちに何があったのか語りだす。

ダナンとイヴァンは医務室でしばらく休憩したら元気になったのだという。

「元気になった途端、ヴィル・ヴォルムスに対して怒りが再燃したようです」

「……学習能力がないな」

俺が思わずつぶやくと、全員がうんうんとうなずいた。

「ヴォルムス兄弟は切り札として所持していた毒虫を使って復讐を遂げようとしたようですが……」

「未然に防がれたか。医務室担当教員も優秀な魔導師ゆえな」

ゼノビアの言葉に、アルティはゆっくり首を振る。

「いえ、そういう段階にもいきませんでした。ヴォルムス兄弟は虫を操れなかったのです」

「む？　まさかな。……いや、だが！　アルティ！　詳しく聞かせてくれ！」

ミルトが興奮気味で前のめりになる。

「私には詳しいことはわかりません」

「アルティは剣士だ。魔法のことは詳しくない」

ゼノビアがアルティのことをフォローする。

アルティはゼノビアに軽く頭を下げると、現状でわかっていることを説明してくれた。

兄弟はこれまで操れた虫をまったく操れなくなり、逆に襲われたらしい。

そして毒虫に全身を刺されて、生死の境をさまよったという。

医務室担当教員の素早い適切な処置がなければ、死んでいただろう。

それを聞いて、ますますミルトが興奮する。

「とても気になる。ゼノビア。この件は任せてくれぬか？」

「それはよいが……。何が気になるのだ？」

「できていたことができなくなったことだ」

「よくわからんが、まあこの件は任せた」

「うむ」

早速ミルトは走りだす。百二十歳近いとは思えない動きだ。

「師、いや、ウィル。私についてきてくれぬか？」

「わかりました」

アルティが見ているので敬語を使う。

ミルトが気になるということは、魔法的な何かなのだろう。

だから、俺の意見も聞きたいに違いない。

それはそれとして、興奮のあまり師匠と呼びかけたのが気になった。

アルティにいつ何を明かすかは、ゼノビアから俺にすべて任されている。

ミルトが師匠と呼べば、すぐに色々話さなければならなくなるだろう。

アルティのことは信用しているが、いつ明かすかは慎重であるべきだ。

機密を知ることで危険になることもあるし、嘘がつけない人物というのもいる。

明かすのはアルティのことをもう少しよく知ってからだ。

「ウィル。すぐに行こう」

そう言って駆けていったミルトの後を追って、俺は部屋を出た。

アルティ、ルンルンとフルフル、ゼノビアがついてくる。

部屋を出る前に、ミルトとゼノビアはフードを深くかぶっていた。

かぶった途端、気配が一気に薄くなった。大した魔道具だ。

ミルトは医務室までまっすぐ走った。

「ぜえぜえぜえ」

「無理するな」

「このぐらい、なんでも、ない」

ゼノビアに労われたミルトが意地を張る。

ミルトは息を整えると、自分とゼノビアが着ている外套と同じものを差し出した。

「ウィルを見ると恐慌状態に陥るかもしれないからな」

「そうですね、ありがとうございます」

俺は外套を身に着けながら言う。

「アルティとルンルンとフルフルは隠れていてくれ」

「わかりました」

「わふ」「ぴぎ」

アルティはヴォルムス本家の屋敷に俺を迎えにきて御曹司たちに出会っている。

アルティやルンルンたちと一緒に入室すれば、すぐに俺の正体に気付くだろう。

アルティたちが身を隠したのを確認して、ミルトは「失礼する」と言って医務室へと入った。

医務室の教員がこちらを見て会釈（えしゃく）する。

救世機関の一員なのだろう。ゼノビアとミルトには当然気付いているようだ。

ベッドにはダナンとイヴァンが寝かされていた。

起きてはいるが、まるでうなされているかのようにぶつぶつと何か呟（つぶや）いている。

完全におかしな状態になっているようにも見える。

そんな御曹司たちに、ミルトは自然な仕草で平静化（サニティ）の魔法をかけた。

「ダナン。イヴァン。試験を受けられなくて残念だったな」

「……はい」「残念です」

先ほどとは打って変わって、落ち着いた様子で受け答えする。

それでも、まったく覇気がない。意欲も何も感じない。

「学院としても四柱（よはしら）のそなたたちを試験すら受けさせずに帰らせるのは損失だ」

ミルトの言葉に、ヴォルムス兄弟が初めて期待のこもった目を見せた。

「どの程度の寵愛値（ちょうあいち）を持っているのか、学院の高性能な測定装置で測らせてくれぬか？」

「それで、もし寵愛値が高ければ……」

「もちろん合否判定の判断材料になるとも」

「ありがとうございます！」

ダナンもイヴァンも少し元気が出たようだ。

高い寵愛値を出して合格できると信じているに違いない。

「では、二人とも私の後についてきなさい」

「はい」「畏まりました」

ダナンもイヴァンも足取りが重い。ぼーっとしている。

致命的な毒虫に刺されすぎたせいだろう。

いくら治癒魔術で命を取り留めたとしても、体力は根こそぎ持っていかれるからだ。

そのせいか、二人とも俺の存在にまったく気付いていない。


しばらく歩いて、俺が先日寵愛値を測定した部屋に到着する。

ミルトは詳しい説明をすることなく、事務的に言った。

「この球に手を触れなさい。二人同時で構わぬ」

「「はい」」

ダナンとイヴァンは測定装置の球に手を触れた。

一瞬、周囲の魔法陣が光った。それで測定は終わりだ。

きっと俺が神の世界に行った時間も、こちら側ではこのぐらいだったのかもしれない。

「結構。合否はあとで連絡する。おつかれさま」

「ありがとうございました」

そう言って御曹司たちは部屋を出て帰っていった。

「ミルト。結果はどうだった？」

ゼノビアは興味津々だ。

「……うむ。二人とも守護神がいなくなっている」

「減ったのではなく、いなくなったのか？　そんなことがあるのか？」

ゼノビアは少し困惑している。

「私もこのケースは知らない。だが確かに守護神がいなくなっている。つまり寵愛値が0だ」

「四柱持ちから、いきなり人神だけになったのか。自業自得だな」

ゼノビアはうんうんとうなずくが、ミルトはゆっくりと首を振った。

「それは違う」

「む？　何が違うのだ？　明らかに自業自得だろう」

「そこは否定していない。そうではなく、今の二人には人神の加護もない」

「…………人族なのに？」

「人族なのにだ。だからこのケースは私も知らない」

ミルトとゼノビアは真剣な顔で考え始めた。

俺はミルトに尋ねる。

「寵愛値が減ることとは、どのくらいあるんだ？」

「減った例も増えた例もごく稀にあります。……ですが寵愛値が0になった例はないかと」

「ふむ？　ミルト。ゼノビア。どういうことかわかるか？」

この場には三人しかいないので、ついため口を使ってしまった。

今後のことを考えたら敬語に慣れておくべきかもしれない。

「わかりません」「恥ずかしながら、わかりませぬ」

「そうですか、ならば測定装置を起動してください」

俺が敬語を使いだすと、ミルトは俺の意図を把握してくれたようだ。

口調が生徒に対するそれに変わる。

「……それはかまわぬが、……一体何をするつもりだ？」

「直接人神に聞きにいってこようと思います」

わからないなら、直接聞けばいいだろう。

俺はミルトが測定装置を起動したことを確認して、装置の球体に手を触れた。


…………………

…………

……


「あ、ウィルちゃん、来てくれたのね」

俺を出迎えたのは女神、つまり人神だ。

「時間がない。単刀直入に聞こう」

「なに？」

「俺の従兄たちの加護が消えたらしいんだが、そういうことはあるのか？」

「もちろんあるわ。与えた加護をはがすなんて造作もないことよ」

「人族であってもか？」

「あたりまえでしょう？」

こともなげに人神が言う。

「確かに従兄たちはクズだったが、世の中には他にもいっぱいクズがいると思うのだがな」

残念ながら、従兄たちを超えるクズもたくさんいる。

「神々は地上を見ているけど、個体に関してさほど興味があるわけではないの」

「知ってはいたが、相変わらず無責任なことだ」

「でも、神だって全能ではないのだし……」

それも知っている。

たまたま俺を見ていて、従兄の行動が目に余ったので加護を引きはがした。

そんなところだろう。

「違うわ。従兄の加護を引きはがしたのはウィル、あなたよ？」

女神が驚くべきことを口にした。

「俺があいつらの加護を引きはがしただと？　なんのことだ？」

「無意識だったのね。手を触れて、ふさわしくないって宣言したでしょう？」

「……宣言というか、そんな感じのことは言ったと思う」

「それで、加護が引きはがされたのよ」

「なぜ、そんなことに？」

「それはウィルちゃんが、神々の使徒、つまり神々の地上での代理人だからよ」

「使徒というのは聞いたが、代理人というのは初耳なんだが……」

「言ってなかったかしら。でもそういうものなの。だから心して使ってね？」

女神は笑顔だ。

俺が何か言ってやろうとしたとき、他の神たちが俺に気付いた。

「お、ウィルが来たのか？」

「今度こそ俺たちと話をさせろ」

だが、女神は神たちをブロックして言う。

「もう時間がないわ。そしてウィルちゃん。寂しいけどこっちにはあまり来ない方がいいの」

「なぜだ？」

「あまりこっちに来すぎると、意識がこちら側に引き込まれやすくなるわ」

「ふむ？」

「つまり死にやすくなるってこと」

「それは困るな」

「何とかして連絡手段を考えるから、こっちに来るのは控え目にしておきなさいな」

「そうか、忠告ありがとう」

確かに昨日今日と二日続けて、こちらに来ている。

便利な連絡手段として使うのはよくないのかもしれない。

そして、早くも俺の存在が薄くなり始めた。

「まだ神ではないのだから、あまりこっちに来てはダメよ」

「はいはい。せいぜい気を付けることにするよ」


……

…………

……………


気が付くと測定装置の部屋に戻ってきていた。

ミルトが心配そうにこっちを見つめている。

「もういいのか?」

「はい、大丈夫です」

「ちなみに師……、ウィルが意識を失っていたのは一瞬だ」

やはり、こちら側の時間経過はほぼないらしい。

「今、神の世界に意識を飛ばして、人神に話を聞いたのですが」

「なんと！　それで、人神さまはどうおっしゃっておられたのだ？」

俺はミルトとゼノビアに、たった今聞いてきたことを説明した。

「使徒は代理人だから、加護を引きはがせる。そういうものなのか」

ゼノビアが真剣な表情でつぶやくように言った。

「どうやら、そのようです」

「神の世界に行けるのは便利だが、死にやすくなるならもうやめた方がいいな」

ゼノビアはものすごく心配してくれている。

「そうですね。余程のことがなければやめておきましょう」

俺は気になっていたことをミルトに尋ねる。

「俺の従兄たちには守護神を失ったことを伝えなくてよかったのですか？」

「その必要はないだろう。今まで普通に努力してきた者ならすぐに気付くだろうしな」

「今まで努力してきていないなら、そもそも加護などあってもなくても同じだしな」

ミルトとゼノビアの意見を聞くと、確かにそうかもしれないと思った。

「守護神を失った後、どうすべきかは本人たちの問題だ」

ミルトもゼノビアも、彼らにもう興味はないようだ。

「ヴォルムス家があそこまで腐っていたとは、一族としては恥ずかしい限りです」

「そうだな。嘆かわしいことだ」

ミルトは他人事のように言う。

「ミルトさまもゼノビアさまも、ヴォルムス家のことには関与しないのですか？」

父が当主になれなかったことや、クズのダナンが次代の当主であることを念頭に置いて尋ねる。

ゼノビアがゆっくりと話し始めた。

「自分で言うのもなんだが、我らは大きな権力を持っている」

「だからこそ、抑制的に動く必要があると考えているのだ」

ゼノビアとミルトは極めて真剣な表情だ。

厄災の獣が関わらないことには、賢人会議は口も手も出さない。

そう決めているらしい。

「そうなのですね。それはいいことだと俺は思います」

「「ありがとう」」

俺が褒めたそのときだけ、一瞬で弟子に戻ったかのようだった。

とても嬉しそうに、二人同時にお礼を言った。

権力を持つと腐りやすい。だからこそ、節制が必要だ。

それを弟子たちは理解しているらしい。

師匠として俺も嬉しい。


それから、俺は弟子たちと別れ、アルティと一緒に神獣たちと合流して託児所へと向かう。

そうして食堂でみんなでご飯を食べて、自室へと戻った。

どうやらアルティは俺とサリアの隣の部屋を確保したようだった。

自室に戻る途中、俺はアルティから今後の日程を聞いた。

「合格発表は一週間後か」

「そうです。入学式は合格発表の次の日です」

それまで、すごく暇だ。

「あにちゃ、あしたから、さりあといっしょにあそぼ！」

「そうだな、サリア。遊ぼうか」

「わーい」『わふ！』『ぴぎっ」

サリアとルンルン、フルフルが嬉しそうにはしゃぐ。

たまには可愛い妹や神獣たちと一緒に遊ぶのもいいだろう。

12．少女との再会

Hassai kara hajimaru Kamigami no Shito no Tensei Seikatsu

次の日の朝食の後。

俺は約束通りサリアたちと遊ぶことにした。

まずはルンルンの散歩だ。

身体の大きなルンルンは、当然必要な運動量も多い。

神獣とはいえそこは普通の犬と変わらないのだ。

いや、身体能力の高い神獣であるからこそ、必要な運動量はより多いかもしれない。

俺はサリアを肩車し、フルフルを頭に乗せて、ルンルンと一緒に学院の敷地を走る。

学院はとても広いので、散歩するのに便利だ。

足の速いルンルンと一緒に走ることは、俺にとってもいい訓練になる。

ちなみに今日はアルティとは別行動だ。

「きゃっきゃ！　あにちゃ、はやいはやーい」「ぴぎぴぎっ」

「そうかそうかー」

「ハッハハッハッ」

ルンルンは舌を出して、息を切らして走っている。

思う存分体を動かせて、ルンルンも楽しかろう。

そうして、高速で走りながら、本館の近くを通りかかったとき——一人の少女と目が合った。

少女は三人の護衛と一緒に歩いていた。

「あっ！　あなたさまは！」

「えっと、君は……」

それは先日森で助けた治癒術師の少女だった。

少女に気付いた俺が足を止めると、ルンルンも足を止めた。

ルンルンものどが渇いていたようだったから、ちょうどいい。

俺は背負った鞄から水袋と器を出す。

「ルンルン、水をあげよう」

「わふわふ」

俺が器に水を入れると、ルンルンは嬉しそうに飲み始めた。

そこに、治癒術師の少女が近づいてきた。護衛の者たちは後方で待機している。

学院内なので危険はないという判断なのだろう。

「再会できてとても嬉しいわ。勇者の学院の方だったとは……」

「いや、まだ合格発表を待つ入学希望者だ。事情があって寮に仮住まいさせてもらっている」

「そうなのね」

少女は俺の右手を両手で包むように握ると、深々と頭を下げる。

「あの時は命を助けていただいて、感謝の言葉もないわ」

「あの時の皆は無事なのか？」

俺は少しだけ少女のテンションの高さに戸惑いつつも、気になっていたことを尋ねる。

大きな怪我を負っていた者たちには治癒魔術をかけておいた。

大丈夫だと思うが、その後の経過が気になる。

彼らは毒も食らっていた。

毒の場合、解毒に成功し、回復したように見えても、また体調を崩す場合もある。

だから本来、解毒魔術をかけた後は慎重な経過観察が必要なのだ。

恐らく大丈夫なはずだが、そこはすごく気になっていた。

「おかげさまでね。あなたの治癒魔術は解毒を含めて完璧だったわ」

「それならよかった。あの時の隊長みたいな人も元気なのか？」

「彼は今日は別の用事で動いているので別行動なのだけど、とても元気よ」

「それならよかった。よろしく伝えてくれ」

「もちろんよ！　絶対伝えるわ」

そして、おずおずと言う。

「あの……。わたくしはティーナ・イルマディ、いえティーナ・ディア・イルマディというの」

名乗られたら、名乗るのが礼儀だ。

「俺はウィル・ヴォルムスだ。そしてこの子が妹のサリア。ルンルンにフルフルだ」

俺がそうして全員を紹介すると、ティーナは丁寧に順番に頭を下げて挨拶（あいさつ）をした。

「かの有名なヴォルムス家の方だったのね。流石（さすが）というしかないわ」

「いや、今のヴォルムスは大したことないんだ。残念ながらな」

俺はクズな従兄たちを思い浮かべながらそう答える。

一方、俺はイルマディという名に聞き覚えがあった。

「家名がイルマディということは、ティーナはイルマディ皇国の皇族なのか？」

「ええ、そうよ。わたくしは第三皇女なの」

勇者の学院のあるここはバリドア王国という。

バリドア王国に北東方向に隣接しているのがイルマディ皇国だ。

イルマディ皇国は近隣で最も歴史のある国で、百年前のイルマディの皇帝とは、前世のころは仲良くしてもらった覚えがある。

そして、もう一つ。

ディアというミドルネームも気になった。

百年前のイルマディの皇族はミドルネームを名乗っていなかった。

「ミドルネーム持ちは珍しいな」

「ミドルネームは先日、水神の愛（いと）し子ディオン・エデル・アクアさまから頂いたの」

「ほう？」

ディオンとは、言うまでもなく俺の前世の弟子の一人の治癒術師だ。

そこでやっと気付く。

俺の弟子、エデルファスの直弟子はいつの間にかエデルというミドルネームを名乗っていた。

そして、剣聖ゼノビアの弟子であるアルティはゼノンというミドルネームを名乗っていた。

「もしかして、弟子はミドルネームを師からもらうという制度なのか？」

「そうよ。師匠の名の一部をいただくことが多いわね」

「それは知らなかった。いつごろできた制度なんだ？」

百年前にはそんな制度はなかった。

疑問に思う俺に、ティーナが優しく教えてくれる。

「賢人会議の方々がミドルネームに師の名前を使い始めたのが最初だとか……」

俺の弟子たちは最高権力者かつ最高権威者だ。

それだけでなく、各分野において圧倒的な最高実力者でもある。

行動をまねるものが増えてもおかしくはない。

それが新たな慣例として定着したのだろう。

「それにしても、その若さでディオン……さまの弟子になるとは。大したものだ」

ディオンにはさまをつけなければ怪しまれる。慌ててつけた。

だが、言い淀(よど)んだことをティーナはまったく怪しむことなく笑顔を見せる。

「実力に不相応だとは思うのだけど……」

そう言いつつティーナは説明してくれる。

どうやら、各地を回っているとき、ディオンがティーナの才能に気付いたらしい。

だが、仮にも皇女。勇者の学院が世界最高学府とはいえ、他国に留学するのは簡単ではない。

だから、ディオンが直接弟子にしてくれたのだという。

「ディオン・エデル・アクアさまの直弟子（じきでし）となるのは大変名誉なことだから……」

「周囲の、議会や貴族たちの反対も少なくなるということか」

「そのとおりよ」

「それにしても、ティーナは皇女なのに勇者の学院の生徒になるのか？」

最高学府とはいえ、基本は魔物と戦う者を育成する学院だ。

当然様々な危険がある。皇女をしている方が安全で楽なのは間違いない。

「勇者の学院では良質な教育を受けられるから。それに、わたくしは第三皇女ですから」

イルマディ皇国の現皇帝、つまりティーナの父には子が沢山いるらしい。

兄が三人、姉が二人。末っ子がティーナだ。

継承順位はけして低くはないが、登極（とうきょく）するつもりで人生設計できるほどには高くない。

となると、皇帝にならないことを前提に人生設計をする必要がある。

「お師さまほどのお方がわたくしの才能を評価してくれたのならばと決心したの」

どうやらティーナは俺と同じく推薦枠らしい。

俺はゼノビアの、ティーナはディオンの推薦だ。

「じゃあ合格したら一緒に授業を受けることができるな。友達がいないから嬉しいよ」

「友達？」

「ん？　ああ、勝手に友達とか言って悪かった」

「全然！　全然問題ないわ！　わたくしもお友達のウィルさまと通えてすごく嬉しいわ！」

水を飲み終わったルンルンがティーナの匂いを嗅ぎにいく。

そんなルンルンをティーナは優しく撫でた。

そこに護衛の一人がゆっくりと近付いてきた。

「殿下。そろそろお時間が……」

「あ、そうね！」

そして、ティーナは俺に向かってもう一度頭を下げる。

護衛たちはティーナと俺の会話を邪魔しないよう待ってくれていたのだろう。

その護衛たちが呼びにきたということは、本当にもう次の予定までギリギリに違いない。

これ以上引き留めることはできない。

「ウィルさま。総長閣下との約束の時間があるから、わたくしはこれで失礼するわね」

「ああ、引き留めて悪かった」

「いえ、お会いできてよかったわ。学院でも親しくしてくれると嬉しいわ」

「ああ、こちらこそ。総長閣下によろしくな」

「てぃーなねえちゃん、またね！」

サリアがぶんぶんと手を振って、ティーナも手を振り返す。

そして、ティーナは本館の中へと小走りで入っていった。

ティーナの護衛たちが俺に向かって深々と頭を下げる。彼らはしばらく頭を上げなかった。

そうしてから、足早にティーナの後を追っていった。

「あっ」

俺はそこで初めて気付く。

ティーナの護衛たちは俺が治癒魔術をかけた者たちだった。

彼らはあの時、意識がなかったはずだ。だが、今の俺とティーナの会話を聞いていたのだろう。

それで、俺が治癒魔術をかけた者だと理解したのだ。

元気そうで何よりだ。


それから俺はルンルンの散歩の続きをしてから中庭へと移動した。

そこでサリアとルンルン、フルフルと遊ぶ。

サリアが楽しそうにしてくれるので俺も嬉しい。

しばらく遊んでいると、アルティもやってきた。

アルティもサリアと遊んでくれる。とても助かる。

しばらく遊んでいるうちに、サリアは遊び疲れて眠ってしまった。

お昼寝の時間だろう。

「部屋に戻るか……。いや、まあいっか。ルンルン。フルフル。サリアを頼む」

「がう」『ぴぎっ」

俺はサリアを伏せているルンルンにもたれさせる。

すると、フルフルもサリアのお腹辺りに乗っかった。フルフルは掛布団のつもりだろう。

フルフルは体温をある程度自在に変えられる。冷たくも、温かくもなれるのだ。

今は温かくなってくれている。

俺は安心して、サリアの近くで訓練をすることにした。

「私も付き合います」

「そうか？　なら頼む」

アルティなら相手として申し分ない。俺はアルティと一緒に訓練することにした。

十メートルほど離れて向き合い、アルティに言う。

「本気でかかってこい……と言っても無理だよな」

アルティの立場なら、八歳児相手にいきなり本気は出せない。

今後の訓練効率のためにも、まずは俺の力を見せる必要がある。

「とりあえず、俺の攻撃を防いでくれ」

「いつでもどうー――」

アルティが最後まで言うのを待ったりしない。

一足飛びで十メートルの間合いを詰めると、アルティのこめかみ目掛けて蹴りを繰り出す。

「ッ！」

アルティは即座に魔力を流した前腕でブロックした。

虚を突いたのに完全に防がれた。流石だ。

「いい反応だ」

俺は休まず蹴りと拳(こぶし)を繰り出して、アルティを追い詰めていく。

しばらく攻撃した後、間合いをあけて再び対峙(たいじ)した。

「アルティ、剣を使ってくれ」

「わかりました」

アルティはためらいなく、すらりと剣を抜いた。

俺に手加減が必要ないことを理解してくれたらしい。

アルティの守護神は剣神だ。そして剣聖ゼノビアの直弟子なのだ。

剣を抜いてからが、本領だ。

「行きます」

「いつでも――」

俺の言葉が終わる前にアルティから斬撃(ざんげき)を浴びせられる。後ろに飛びのいてかわした。

俺が後ろに下がる速さにアルティもついてきた。距離をとらせない作戦だろう。

御曹司たちとの戦いで魔法を見せたので、俺を魔導師と判断しているのだ。

斬撃をかわしつつ、俺も拳と蹴りで反撃する。

数十秒、互いに攻撃を繰り出した後、俺はアルティの剣を持つ手を足で蹴りあげた。

たまらずアルティが剣を落とす。

「参りました」

「いい動きだった。俺もいい訓練になった」

「ありがとうございます。お師さまがウィルを上司と思えと言った理由がわかった気がします」

「それはよかった」

その時、サリアが目を覚ました。少し音を出しすぎたかもしれない。

「あにちゃ？　なにしてるの？」

「アルティと遊んでたんだよ」

「さりあもあそぶ！」

「そうですね、遊びましょう」

そして俺とアルティ、ルンルン、フルフルはサリアと一緒に楽しく遊んだ。

13．入学式

Hassai kara hajimaru Kamigami no Shito no Tensei Seikatsu

俺がサリアと遊びつつ、合間に訓練して楽しく過ごしているうちに、合格発表の日がやってきた。

合格発表は勇者の学院正門の前に合格者の氏名を貼り出すという形で行われる。

ゼノビアが、俺は合格していると言ってくれていたが、一応見にいくことにした。

アルティ、サリア、それにルンルンとフルフルも一緒だ。

ルンルンはサリアを背に乗せて、フルフルは俺の服の中に隠れている。

「あにちゃ！　あにちゃのおなまえある？」

「あったな」

「すごいすごーい！」「わふわふ！」

（……ぴぎっ）

サリアは嬉しそうにはしゃいだ。ルンルンの尻尾もばっさばっさと揺れている。

一方、俺の服の中に隠れているフルフルはプルプルしながら小さな声で鳴いた。

「アルティの名前もあるな」

「はい」

アルティは仕事で学生のふりをするのだから当然だ。

だが、サリアは俺のときと同じように嬉しそうにはしゃぐ。

「あるてぃねーちゃん、すごいすごーい！」

「サリア。ありがとうございます」

アルティも、そんなサリアに律儀に頭を下げていた。

ティーナ・ディア・イルマディの名前も当然のようにあった。

だが、ティーナの姿を探してみたが、見つからなかった。

ティーナは、わざわざ合格発表を見にきたりしないのかもしれない。

そして、言うまでもないことだが、御曹司たちの名前はなかった。

結局、その日はお祝いということで、おいしいものをたくさん食べたのだった。


次の日。俺たちは入学式が行われる会場に来ていた。

勇者の学院には、式典向けの建物が本館と別にあるようだ。

サリアは家族用の席の方に、ルンルンと一緒に座っている。

ルンルンをつけたとはいえ、三歳児のサリアを一人にするのは気が引ける。

何かあれば俺がすぐに駆けつける必要があるだろう。

俺は他の新入生たちの顔を見る。三十人の新入生たちが誇らしげに胸を張っていた。

特に年長の者ほど嬉しそうだ。感極(かんきわ)まって涙を流している者すらいた。

それほど努力して合格を勝ち取ったのだろう。

ティーナの姿を探してみると、一番前の席、中央で背筋を伸ばして座っていた。
そうしてしばらく待っていると、来賓が入場してきた。
学院のあるバリドア王国の国王は当然参列している。
それどころか他国の王族や至高神の大司教など、錚々たる顔ぶれだ。
入学許可宣言のあと、入学生総代の宣誓に移る。
今年の入学生総代はティーナだった。
歴史あるイルマディ皇国の皇女にして、ディオンの直弟子なのだ。
ふさわしい人選と言えるだろう。
ティーナは緊張しているようだったが、立派に宣誓の言葉を述べた。
その後、総長ゼノビアの式辞、来賓を代表して国王の式辞と続く。
最後に学生代表の式辞があって、式は終わった。
それから場所を移して学生生活についての説明を受けることになった。
俺は引率の講師に言う。
「幼い妹を一人で家族席に残しているので、一緒に連れてきていいですか？」
「うむ、構わぬ。他に同様の事情がある者は行ってきなさい」
俺と同じ事情を持つ者が、他に一人いたようだ。
栗色の短めな髪の女の子だ。尻尾と獣耳があるので獣人だろう。
「ウィルくんが言いだしてくれて助かったよ、ありがとう」

「気にしないでくれ。というか、なぜ俺の名を？」

「前に決闘してたでしょう？　あのとき先生が名前呼んでたし」

「ああ、そういえばそうか」

「あたしはロゼッタっていうの。よろしくね」

「こちらこそよろしく頼む」

家族席に行くと、サリアはルンルンの背に乗って大人しくしていた。

「あにちゃ！」

「サリア、いい子にしてて偉いぞ」

「えへへへ」

俺はサリアの頭を優しく撫でた。

「ルンルンもな」

「わう」

ルンルンは気を使って、小さな声で鳴く。

頭を撫でてやると、尻尾をぶんぶんと振った。

ロゼッタの家族は五、六歳ぐらいの小さな女の子だった。

ロゼッタの妹も、可愛らしい獣耳と尻尾が生えていた。

サリアとロゼッタの妹を連れて、俺とロゼッタは教室へと急いだ。

そうして、俺たちを待ってくれていた教員から学院生活の説明が始まった。

学期末の試験に合格すれば、単位が与えられる。規定数の単位を取得すれば卒業できる。

そして授業への出席は成績に加味されない。

「愚直にやることは美徳かもしれない。だが成績は文字通り成績なのだ」

試験の時点で何ができるのか、何を知っているかだけで判断される。

真面目にやっていても、個人の得手不得手、才覚によってはできるようにならないかもしれない。

その場合は、違う科目で単位を取るか、来期また頑張るかだ。

「卒業年限の十二年まで、何度でも同じ授業をとってもよい。自分で考えて選択するように」

最短で四年。最長で十二年在学できるようだ。自分のペースで授業を受けられるのはいい。

その後、週に一度のホームルームにだけは必ず出席するようにと念を押される。

そこで重要な注意事項や連絡事項が発表されるかららしい。

加えて、全員参加の実習が年に数回あるとのことだった。

いずれにしても、基本的には自由度の高い学校のようだ。前世で通った賢者の学院より自由度が高い。

俺に合っている気がする。

緊張している新入生に向けて講師は笑顔を向けた。

卒業すれば救世機関に入れなくとも、引く手は数多。あらゆる場所で活躍できるだろう。

最後にそのような明るい未来を語って、ガイダンスは終了した。

講師が教室を出ていくと、年長の学生が全員に向けて言う。

「せっかく同級生になったんだ。これから食堂で親睦会でもしないか？」

次々と賛成の声が上がる。

サリアもいるし、どうしようか考えていると、年長の学生が俺の方を見た。

「ウィル・ヴォルムスはどうする？」

やはりフルネームを覚えられていたようだ。これも決闘のせいだろう。

「サリア、どうする？」

「いくー」『わぅ』（ぴぎっ）

サリアとルンルンたちが行ってもいいのなら、今後のためにも参加しておくべきだろう。

だから、年長の学生に笑顔で言う。

「そうだな、妹と、従魔と一緒でいいなら行かせてもらおう」

「あ、あたしも妹と一緒でいいなら行くよ！」

ロゼッタも言う。

「もちろんだ。妹さんたちも歓迎だ」

「じゃあ、参加させてもらおう」

「あたしも！」

その日は新入生三十人全員で食堂に行って、自己紹介を済ませて交流したのだった。

14・ロゼッタの誘い

入学式の日に新入生同士の顔合わせも無事済んだ。

授業が始まる一週間後までは、自由な時間だ。

この一週間で授業計画表を読み込んで、どの授業を受けるか決めろということだろう。

一方、託児所での授業は、俺たちの授業に先立ち、入学式の次の日、つまり今日から開始される。

勇者の学院の託児所は、学校の要素が大きいのだ。

当然、サリアはそっちへ行く。

サリアを送った後は、ルンルン、フルフルと遊ぶ日々を過ごそうと考えていた。

遊びながらでも訓練できるし、合間にアルティと実戦訓練すればいい。

そう思っていたのだが……。


「ウィルくーん。いるかーい」

入学式の次の日の朝。サリアの歯を磨いていると、部屋の外から呼びかけられた。

ロゼッタの声だ。

「今、手が離せない。扉を開けてもらうから、勝手に入ってきてくれ。ルンルン頼む」

「わふ」

ルンルンが扉の方に行って、前足で器用に鍵を開け、口でノブを引っ張って扉を開けた。

「ルンルンちゃん、すごいね。自分で扉を開けられるんだ！」

ロゼッタは心底感心しているようだった。

ルンルンを褒められると俺も嬉しくなる。

「そうだろう。ルンルンは賢いんだ」

「ほふぁふぉー」

「サリア、挨拶できて偉いな。ただ、歯を磨き終わってからでいいよ」

「ふぁい！」

サリアは今日も元気だ。

「サリアちゃん。おはようだよ！」

「わたわたしていて、すまないな」

「今日から託児所の授業開始だもんね。こっちこそ朝の忙しい時間にごめんね？」

「それは構わないが、何か用か？」

「えっと、魔物狩りに行きたいんだけど、一緒にどうかなって思って」

「ふむ？　魔物狩りか。いいけど、なんの魔物だ？　……よし、サリア、綺麗になった」

サリアの歯磨きを終えて、口をゆすがせた。

「ありがとー。ろぜったねえちゃん、おはよう！」

「うん！　サリアちゃん、もいちどおはよう」

「ろーずおねえちゃんは？」

ローズはロゼッタの五歳の妹だ。

サリアは昨日の入学式の家族席で、ローズに遊んでもらっていたらしい。

昨夜、寝る前にサリアが嬉しそうに教えてくれた。

「ローズは、もう託児所だよ」

ロゼッタとローズが特別早いわけではない。俺の準備が遅かったのだ。

明日からは、もう少し早起きしなくてはなるまい。

「あにちゃ、さりあもたくじしょにいく！」

「ああ、持ち物を確認するから、少し待ってくれな」

「あい！」

急ぎ気味で準備を終えると、部屋を出る。

サリアにローズという比較的歳の近い友達ができたのはいいことだ。

兄として純粋に嬉しい。


託児所に向かう途中、俺はロゼッタに尋ねる。

「で、魔物ってなんだ？」

「大きな魔獣の熊、魔熊（まくま）だよ。かなり大きな個体なんだ。出没エリアの近くに村があって……」

その村というのがロゼッタの故郷らしい。

冒険者ギルドに依頼は出しているが、なかなか引き受けてくれるパーティーがいないとのことだ。

「羊にも被害が出たとかで……」

「なるほどな。ちなみにロゼッタは何が得意なんだ？」

「あたしの守護神は狩猟神さまだからね。偵察や情報収集とかは得意なんだけど……」

「戦闘自体はさほどってことか？」

「そうなんだ……」

ロゼッタの獣耳がしゅんとした。戦闘力のなさがコンプレックスなのかもしれない。

そんなことを話している間に託児所に到着する。

「サリア、勉強頑張ってな」

「あい！」

サリアは本家にいたころから、俺がこき使われている間、家臣たちに預かってもらっていた。

だから、一日くらい俺から離れるのは慣れたものだ。特に寂しがることもない。

「さりあちゃーん」

「あ、ろーずおねえちゃん！」

ロゼッタの妹、ローズが尻尾を振りながら駆け寄ってきてくれる。

サリアもパタパタ駆けていく。俺はそれを見ながらルンルンの頭を撫でた。

「ルンルン、サリアを頼むな」

「わう！」

ルンルンは任せろと言っている。尻尾をゆっくり振ると、サリアの後を追っていった。

神獣でかなり強いルンルンが、サリアについていってくれたら安心できる。

「あにちゃ、またね！」

「おねえちゃん、また後でね！」

サリアとローズに手を振り返しつつ、俺とロゼッタは託児所を後にした。

「託児所の授業はどんなことをするんだろうか」

「よくわかんないけど、あたしが聞いた話だと専門家がしっかり教えてくれるらしいよ」

生徒が卒業するまで最短で四年。託児所にいる期間も最短で四年だ。

「四年後には大体立派な学校に入学できるぐらいにはなってるみたい」

「それは心強いな」

「ほんとだよね！」

ロゼッタは少し遠い目をして微笑(ほほえ)んでいる。ゆっくり尻尾が揺れていた。

ローズのことを考えているに違いない。

「小さい子同士、仲良くしてくれたら嬉しいな」

「ああ、俺もそう思う」

そんなことを話しながら、俺とロゼッタは正門へと向かう。

途中でアルティとティーナに出会った。

二人とも、早朝にゼノビアから訓練を受けているらしい。

アルティと違って、ティーナの師匠はゼノビアではなくディオンだ。

だが、ディオンが遠方にいる間はゼノビアが面倒を見ているらしい。

俺を見つけたアルティが急いで駆け寄ってくる。

「ウィル。おはようございます。どこかに行くのですか？」

「おはよう。ロゼッタと一緒に魔熊退治だ」

「……ご一緒しても？」「わたくしも行きたいわ！」

アルティとティーナがほぼ同時に言う。

「ロゼッタ、構わないか？　アルティは優秀な剣士で、ティーナは優秀な治癒術師だ」

「もちろんだよ！　二人が一緒に来てくれるなら、なおさら心強いよ！」

こうして即席の四人パーティーができたのだった。


魔熊ぐらい楽勝だ。そう俺は考えていたのだが、意外にも障害はその前にあった。

勇者の学院。その正門の門番に止められたのだ。

「え？　魔熊退治ですか？」

「そうです！　あたしの故郷が被害に遭っているから助けにいってきます！」

ロゼッタがそう元気に返事をすると、門番は困ったような表情を浮かべた。

「もしかして、生徒の冒険者行為は禁止ですか？」

「いえ。許可のない冒険者行為が禁止なんです」

「えー⁉　ただの魔態だよ？」

ロゼッタは困惑しているが、俺には許可のない冒険者行為禁止の理由が推測できる。

学院側が警戒しているのは魔態ではなく、テイネブリス教団だ。

先日、ティーナが攫われかけたのも、教団のしわざだと言われている。

それに、俺たちは生徒になったといっても、まだ一度も授業を受けていない。

力のない新入生が、教団側に害されては困る。

そのことに思い至らなかった俺が間抜けだった。

ロゼッタは教団の存在も知らなければ、誘拐未遂事件のことも知らないので仕方がない。

「王都の内側へ出かけるだけならば許可は必要ないのですが……。王都の外となると……」

「では、許可を取ってきます」

「えっ？」

そう言ったのはアルティだ。ロゼッタが止める間もなく駆けだした。

ロゼッタはアルティの背を見送りながら、しょんぼりして言う。

「やっぱり新入生だと難しいのかなぁ」

「まあ、そうかもな」

「自分たちでできないとなると、どうやって魔態退治すればいいかなぁ……」

「わたくしの知り合いに頼んでみる？」

ティーナの知り合いというのは、恐らく護衛の者たちのことだろう。

彼らなら、魔熊ぐらい簡単に討伐してくれるに違いない。

だが。頼めばやってくれるかもしれないが、それは彼ら本来の職務ではない。

だから、できれば避けたい。

そんなことを話している間に、アルティが戻ってきた。

駆け出していってから、まだ五分も経っていない。

「許可証をもらってきました」

「確かに。問題ありません」

門番はアルティの持ってきた書類を一目見て、あっさりと通してくれた。

恐らくアルティは、ゼノビアから直接許可をもらったのだ。

ゼノビアは俺とアルティの力量を知っているので、外出許可ぐらいすぐくれる。

まさかこんなに早く許可が下りると思っていなかったロゼッタはものすごく驚いた。

「は、早いね⁉」

「はい。先生に頼んだらすぐに許可をくれました」

「そっかー。結構簡単だったんだね！」

ロゼッタは先生という言葉が総長先生を指すとは思っていないに違いない。

ゼノビアに頼んだから特別早かっただけだ。普通なら簡単には許可は下りないだろう。

それから俺たちはロゼッタの故郷の村へと向かって歩き始めた。

道中、ロゼッタが申し訳なさそうに言う。

「依頼料はすぐには払えないけど……。お給金が支給されたらすぐ払うね」

勇者の学院の生徒には、毎月決まった額のお金が支給されるのだ。

「いや、依頼料はいい。友達だし。それに訓練の一環だ」

「わたくしもお金は必要ないわ！　友達だから。そう、友達だから！」

「私も必要ありません」

一方、みんなに報酬を断られて、ロゼッタは困ってしまったようだった。

「そういうわけにはいかないよ」

「なら今度、俺がなにか困ったときに手助けを頼む」

「そうね。助け合いよ。わたくしも困ったときはお願いするわ」

アルティも無言で、うんうんとうなずいていた。

「みんな……ありがとう」

ロゼッタは感動しているようだった。


その後は楽しくお話しながら歩いていく。

みんな楽しそうだが、とくにティーナがはしゃいでいた。

「ハイキングみたいで楽しいわね！」

「そうだな」

「お友達とハイキングって、いいわね」

「そうだな」

「ウィルさま。今日はルンルンちゃんは一緒じゃないの？」

「ルンルンはサリアと一緒だ」

「そうなのね。残念だわ」

「サリアはまだ小さいから、一人にするのが少し不安なんだ」

俺がそう言うと、先頭を歩いていたロゼッタが歩きながらこちらを振り向いた。

「ルンルンちゃんは賢いし、魔熊退治に協力してくれたら心強かったけど、仕方ないね」

「私とウィル、それにティーナとロゼッタがいれば大丈夫です」

アルティはそう言って力強く胸を張った。

毎日一緒に訓練しているおかげで、俺はアルティの実力を知っている。

アルティは一人でも魔熊を退治できるだろう。

だが、ティーナとロゼッタのできることはまだ把握できていない。

だから聞いてみる。

「ロゼッタの守護神は狩猟神だったな？」

「そうだよー。弓が得意だし、魔物の痕跡を追ったりするのも得意だよ！」

「それは心強い」

パーティーに一人は絶対いてほしい人員だ。

「ルンルンがいないなら、魔物の居場所を見つけるのはあたしの役目だね！」

俺はティーナにも尋ねる。

「ティーナは治癒術師ってことは、守護神は水神なのか？」

治癒魔法は水神が得意とする魔法だ。

ティーナの師匠、ディオン・エデル・アクアも水神の愛し子だった。

「そうよ。ウィルさま。水神さまなの。あと魔神さまと炎神さまと雷神さま、それに……」

「ちょ、ちょっと待ってくれ。そんなにいるのか？」

「うん。中でも一番寵愛値が高いのは水神さまね」

ティーナには、人神以外に水神、魔神、炎神、雷神、氷神、土神、風神の七柱の守護神がいるらしい。

治癒魔法だけでなく、全属性魔法を高水準で使えそうだ。

まさに賢者候補というわけだ。

ディオンが弟子にするわけだ。ミルトが先に見つけていたらミルトが弟子にしたのだろう。

テイネブリス教団に狙われるのも納得だ。

「……すごいね」

ロゼッタは心底驚いていた。

治癒術師と魔導師がいれば、パーティーはとても安定する。

即席の割にバランスのいいパーティーになったと思う。


そうやって会話をしながら歩いているうちに、ロゼッタの故郷の村に到着した。

王都から徒歩で二時間程度離れていた。

比較的王都に近いが、大きな街道からは距離がある。

近くには山があり、鬱蒼と茂った森に囲まれていた。

「すごい田舎でしょ？　牧羊と狩猟でなんとか生計を立てている村だからね！」

だから、ロゼッタは小さいころから森で獣を狩っていたようだ。

村に入ると、俺たちに気付いた村人たちが集まってくる。

「ロゼッタじゃないか！」「学院の試験に落ちたのか？」

「それは安心して！　ちゃんと合格したよ！」

「おお！　めでたい！」「すげー。ロゼッタは村の自慢だ！」

村人たちは大喜びだ。

ロゼッタは村人たちに俺たちのことを紹介してくれた。

村人たちは、ロゼッタに早くも友達がいることに感動したようだ。

「ロゼッタは田舎者といじめられておりませぬか？」

「どうか、どうかロゼッタをよろしくお願いいたします」

そう口々に言っては頭を下げる村人たちが、今度はロゼッタに尋ねた。

「ロゼッタ、来てくれたのは嬉しいが、どうしたんだ？　授業はいいのか？」

「手紙で困ってるって聞いたから、熊を退治しにきたんだ。授業が始まるまで暇だからね！」

「そうか！　ありがてえ！」

「冒険者ギルドにも依頼を出したんだが、なかなか冒険者が来てくれなくてな……」

それから魔熊の被害状況や出没場所などを村人から聞いて、俺たちはすぐに出発した。

15．魔熊退治

Hassai kara hajimaru Kamigami no Shito no Tensei Seikatsu

村を出てから、ロゼッタが言う。

「ローズもサリアちゃんも待ってるし、なるべく早く済まそうね」

「そうだな」

まだ午前中。だが、あと二時間ぐらいで正午になる。

帰り道も徒歩二時間かかることを考えると、あまり時間に余裕はない。

熊が最後に目撃された場所に到着すると、ロゼッタは真剣な表情で痕跡を探し始めた。

ティーナも周囲を調べながらつぶやく。

「それにしても、この短期間で羊が十頭もいなくなったなんて。大変なことだわ」

村人から被害を聞いたら、驚くべき多さだった。

羊だけでなく農作物もかなりやられているらしい。

熊は雑食なので、肉も野菜も食べるのだ。

「とても大きな被害だな。村の今後に影響しそうなレベルだ」

「そうだね。ウィルくんの言う通りさ。もともと貧しい村だから、これからの生活が大変だよ」

「手伝えることがあれば言ってちょうだい。友達だもの！」

「ティーナ、ありがとう。でも、あたしが仕送りするから大丈夫だよ！」

勇者の学院の生徒には、在学中に生活費という名目のお金が支給される。

それを仕送りに使うから大丈夫。ロゼッタはそう言っているのだ。

だが、勇者の学院といえど、さすがに村の経済を救えるほどのお金はもらえない。

ロゼッタは笑顔だが、無理に作っているのは明白だ。

「短期間で十頭の羊を食べるぐらい大きい個体なら、質のいい素材も採れるだろう」

俺はロゼッタを元気づけるためにそんなことを言ってみた。

村人の目撃証言でも、かなり大きい魔熊という話だった。

だが、村人などの目撃証言は話半分に聞いておいた方がいいというのが常識である。

『畑を耕しにいくと、畑を荒らしていた熊を見つけた。

とても驚いて、大声を上げると熊はゆっくりと去っていった』

この目撃証言にある「とても驚いて」というのが厄介だ。

驚き恐怖を感じた村人は、実際より熊を大きく記憶する場合が少なくない。

「魔熊の数が多いと思って動いた方がよいかと」

アルティが冷静につぶやく。大きい一個体より数が多い方が面倒だ。

だから、最悪の事態を想定しておくべき冒険者としては、アルティの考えは正しい。

「アルティの言うとおりだが、魔熊は基本群れを作らないからな」

「ですが、一個体で羊を十頭を食べるほど巨大な熊を想定するよりも、妥当だと思います」

「そうだな。数が多い場合も多ければ素材が沢山採れるから、それはそれで助かるな」

「はい」

そんなことを話していると、ロゼッタが立ち止まる。

「どうやら、かなり大きい個体らしいよ」

そう言って、ロゼッタが大きな糞を指さした。

いいことだ。個体が大きい方が、数が多いよりもずっと戦いやすい。

「足跡も見つけた。ついてきて！」

俺たちはロゼッタの後ろをついていく。

しばらく歩くと、洞穴を見つけた。

「……恐らくここが巣だね。こんなに村の近くに巣を作っていたなんて」

「巣の中にいそうか？」

「うん。足跡から判断するに、中にいるね」

「わたくしの魔法で追い出してみる？」

「さっすが、ティーナ！　頼りになるよ！」

ロゼッタが目を輝かせる。そして少し考えてから言う。

「魔法で魔熊が出てきたら、弓と魔法でひるませて、アルティが剣で倒す感じでどうかな？」

どうやらロゼッタは作戦も考えてくれたらしい。

今回の件の依頼者でもあるので、リーダー役を引き受けてくれているのだ。

「了解しました」

アルティが剣の柄に手を置いた。

「フォローは任せて。弓はいつでも撃てるようにしておくから」

ロゼッタも矢を弓につがえた。

「俺はどうしたらいい？」

「ウィルくんは不測の事態に対処してほしいかな」

「了解した」

いわゆる遊軍というやつだろう。パーティーの全滅を防ぐためには大切な役割だ。

全員の役割分担が決まると、

「じゃあ、いくわね？」

ティーナが直径一メートルほどの火球を作り出した。

並みの火炎魔導師よりもはるかに威力の高い火球だ。

炎神と魔神の寵愛を受けているだけのことはある。

「……おお、素晴らしい」

「ウィルさまに、褒めてもらえると、すごく嬉しいわ！」

そして、ティーナは火球を洞穴に撃ち込んだ。

洞穴の奥に到達した火球が炸裂。大きな音が響き、熱気が洞穴から噴き出してきた。

「――GAAAAAAAAAA!!」

魔熊の怒りのこもった咆哮(ほうこう)が響く。

「どうやら、まだまだ元気なようだな」

普通の魔熊なら、ティーナの火球を食らえば致命傷に近いダメージを負ったはずだ。

洞穴の中にいるのは、とても強力な魔熊らしい。

「GAAAAA‼」

すぐに魔熊が飛び出してきた。想像以上に巨大だ。

ティーナとロゼッタが身構える。アルティがゆっくりと前に出た。

「任せて」

——ティン
抜剣と同時に、目にもとまらぬ速さでアルティの剣が振るわれた。

魔熊の首が飛び、ゆっくりと倒れる。

アルティのあまりにすさまじい動きを見て、ティーナとロゼッタは息をのんだ。

それに気付くことなく、アルティは振り返ると、静かにつぶやいた。

「終わりました」

「……アルティ、すごいわ。本当に見事な剣筋だった」

「あたしは目がいい方だけど、それでも追うのがやっとだったよ」

「斬(き)った感じ、体が大きいだけの痩(や)せている熊です」

「え？　痩せてるの？」

驚いた様子で魔熊の死骸（しがい）をロゼッタが調べ始めた。

「毛皮が分厚いから気付きにくいけど、この魔熊、本当に痩せてる」

「こいつが羊を十頭食ったわけじゃないのか？」

「……そんなまさか。巣穴を調べてみるね」

「俺も行こう。アルティとティーナは入り口で警戒していてくれ」

大きい魔熊の巣とはいえ、四人同時に入るには狭い。

「わかったわ、ウィルさま。気をつけて」

「こちらはお任せください」

そして、俺とロゼッタは慎重に巣穴へと入っていった。


巣穴に入ってすぐに自分とロゼッタに暗視（ナイトヴィジョン）の魔法をかける。

「わあ、すごい！　ありがとう！　ウィルくんは器用なんだね」

「ある程度、魔法が使えるんだ」

「すごいねー」

ロゼッタは感心したようだった。

暗視の魔法自体はそう難しいものではない。

勇者の学院に入学できる魔導師なら全員使える程度の魔法だ。

だが、御曹司たちが決闘前に大声で騒いだせいで、みんな俺の守護神が一柱（ひとはしら）だと知っている。

だからこそ、すごいと思ってくれるのだろう。

話しながら進んでいると、あっという間に巣の最奥に到着した。

だが、そこには骨や毛といった、羊の痕跡が何もなかった。

「骨も毛もないが、骨や毛ごと食べたってことか？」

「……きっと違うよ。熊だって骨や毛皮、蹄とかは食べ残すものだから」

「そういうものか。さっきの糞はどうだった？」

「木の実や野菜を食べた糞だったね」

ロゼッタは狩人なので糞を見て何を食べたか判断できるのだ。

村の畑に出没して野菜を食べた時点で、羊を食べていなくともさっきの魔熊は討伐対象だ。

そういう意味では無駄な討伐ではない。

だが、羊を食べた獣が他にいる可能性が高くなった。これでは依頼完了とは言えない。

調査を終えて、俺とロゼッタが巣穴を出る。

アルティとティーナは魔熊を解体している最中だった。

俺とロゼッタも解体を手伝いつつ、巣穴の調査結果を報告する。

報告を聞いたティーナが力強く言う。

「羊を食べた魔獣を退治する必要があるわね！」

「そうだな。ロゼッタ。調査を継続しよう」

アルティは無言でうんうんとうなずきながら魔熊の解体を続けていた。

魔熊の毛皮をはぎ取り、爪と牙を取り、肝と魔石を取り出すと、解体は終わりだ。

魔熊の肉はとてもまずいので食用には適さないのだ。

「魔熊の肉は使い道がないから、この場で処理しとかないとだね」

「俺が燃やそうか？」

「魔力がもったいないでしょ！　穴を掘るのも大変だし、薪を使って燃やすのがいいかな」

俺にとっては魔熊の肉を燃やすための火球に使う魔力量は大した消費量でもない。

薪を集めるよりも楽なぐらいだ。だから、魔法で燃やそうとしたのだが、

「ぴぎっ」

「フルフルどうした？」

俺の服の内側から、フルフルが飛び出してきた。

そして一気に巨大化すると、魔熊の死骸を包み込む。

「フルフル、こんなに大きくなれたんだな。びっくりだよ」

さすがは神獣といったところだろう。

「ぴぃぎ！」

嬉しそうに鳴きながら、フルフルはあっという間に魔熊の死骸を消化していった。

消化すると同時に、水と土のようなものを排出していく。恐らく糞だろう。

俺とロゼッタはフルフルの糞に顔を近づけて臭いなどを確認する。

「これは……土だな」

「そうだね、土だね。腐葉土みたいな感じ」

「フルフルは消化が尋常じゃなく速いんだな」

「ぴぎぴぎっ！」

魔熊の死骸を消化しきると、フルフルは元の大きさに戻って、俺の肩に飛び乗った。

「さ、さすが、ウィルさまの従魔！　見事なスライムね」

「すごいっていうか、フルフルって何のスライムなの？」

ティーナとロゼッタが驚いている。

「普通のスライムだと思うが……」

「いやいやいや、それはないよ。だって魔熊も一瞬ってことでしょう？　一体何者？」

驚きすぎたせいか、ロゼッタは言葉を省略しすぎている。

今のスピードで消化できるなら、生きている魔熊も一瞬で消化してしまうだろう。

つまり、巨大な魔熊を一瞬で倒せるスライムっていったい何者なの？

そうロゼッタは言いたいのだろう。

「実は俺も種族についてはあまり知らないんだ」

神獣のスライムだと言っても、ますます混乱させるだけに違いない。

「そうなんだー。すごいスライムもいるものなんだね」

「ぴぎっ」

「これからは死骸処理はフルフルちゃんにお任せだね！　すごく楽になるよ！」

ロゼッタはそう言って俺の肩の上に乗るフルフルを撫でた。
死骸の処理を終えた俺たちは、またすぐに移動を開始した。
魔熊の巣には熊が最後に目撃された場所からたどり着いた。
次は羊が消えた場所へと向かう。
羊に関する村人の証言はこうだ。
『腕のいい羊飼いが牧羊犬と一緒に、五十頭の羊を放牧していた。
そこに魔熊が現れた。当然羊飼いは逃げだす。魔熊相手に戦うというのは無理な話だ。
結果として十頭の羊が、村の財産から失われた』
この件で羊飼いを責めることはできない。
牧羊犬と力を合わせて四十頭の羊を逃がしただけでも、腕がいいと言えるだろう。
「ここが魔熊に羊たちが襲われた放牧地なの？　草が沢山生えているものなのね」
王宮育ちのティーナは放牧地を見るのも初めてなのだろう。
「草が生えているのは、魔熊に襲われてから、ここで放牧できてないからだよ」
ロゼッタが優しく説明する。
羊は沢山草を食べる。だから草の状態を見ながら放牧地を変えるのだ。
「草が生え放題だし、痕跡を追うのは大変だけど、がんばるね！」
ロゼッタは真剣な表情で周囲を調べ始める。

「……むむ？　魔熊の足跡を見つけたよ！」

ロゼッタは狩猟神の加護を持っているだけあって、狩りの能力が非常に高いようだ。

「さっきの魔熊の足跡と考えていいか？」

「そうだね、そう考えていいと思う。足跡を追っていくよ」

ロゼッタが足跡の追跡を開始する。

その先には、先ほどの魔熊が羊を食べることができなかった事件の痕跡があるはずだ。

ロゼッタの足取りはゆっくりだが迷いがない。

魔熊の足跡はほとんど消えかかっている。だが、ロゼッタには確信があるのだろう。

狩猟神の寵愛を受けていることによって、能力、またはスキルに恩恵があるのかもしれない。

「ん？　みんな、これを見て。狼(おおかみ)、それも魔狼(まろう)の足跡だよ」

「…………俺にはまったく判別できない」

「わたくしにも判別できないわ」

アルティも無言でうんうんとうなずいていた。

注意深く観察したら、地面がかすかにへこんでいるかもしれないと気付ける程度だ。

「狩人じゃない人にはわかりにくいかもだけど、これは魔狼の足跡なんだよ」

「つまり、魔狼が羊を魔熊から奪ったのか？」

「かもしれない。群れなら、魔狼は魔熊と渡り合えるから」

ロゼッタが今度は魔狼の足跡を追跡していく。

そうしてしばらく進むと、ロゼッタは唐突に足を止めて言った。

「おかしい。羊の足跡が消えないんだ」

「ふむ？　詳しく説明してくれ」

「羊飼いからはぐれた羊たちは熊から逃げていたはずだよね？」

羊飼いと牧羊犬に守られた四十頭より、はぐれた十頭の方が狩りやすい。

だから魔熊は十頭の方を追ったのだ。

その後、途中で魔熊と魔狼の群れが争い、魔狼が勝った。

そうなると、今度は魔狼が羊を襲うだろう。

「魔狼の群れからしてみれば、保護者のいない羊なんて簡単に狩れるはずなんだ」

俺は羊に関して詳しくないが、魔狼との戦闘経験はそれなりにある。

魔狼は非常に素早く強力な魔物だ。ロゼッタの言うとおり羊の群れなどひとたまりもないだろう。

「なのに、ここにある羊たちの足跡は、狼に追われているにしては整然と言っていいぐらいなんだよ」

「十頭が一丸となって逃げているということか？」

「そういうこと……。あ、ちょっと待って、違うかも」

「ん？」

「……十一頭いる」

「なに？　数え間違いじゃなくてか？」

「何度も確認したから。間違いじゃないよ」

魔狼に追われているうちに羊が増えるわけはない。

羊が増えたと考えるよりは、羊飼いが数え間違えたと考える方が現実的だ。

とはいえ、専門家である羊飼いが数え間違えるのも考えにくいのだが。

疑問に思いながらさらに進むと、大きな洞窟が見えた。魔熊の巣よりも入り口が大きい。

「羊の足跡はあの中に続いているみたい」

「魔狼の足跡は？」

「羊を狩ろうとはしてるけど、うまくいかなかったみたいだね」

いったい何が起こっているのか理解に苦しむ。

それは狩人のロゼッタも同じらしい。明らかに困惑している。

「んー？　ロゼッタ。羊たちは狼に食べられずに洞窟の中に逃げ込んだってこと？」

「そうなんだ、ティーナ。信じられないかもだけど、そうとしか思えない」

「わたくしはロゼッタを信じるわ。友達だもの！」

「私もロゼッタを信じています」

「ティーナ、アルティ。ありがとう！」

ロゼッタは二人にそう言われて、とても嬉しそうだ。

「あたしが先行して、洞窟の入り口まで行って調べてくるよ。本当に羊がいるのか気になるし」

「ああ、気を付けてくれ」

ロゼッタが慎重に洞窟に近づいていく。

洞窟までの距離が一メートルぐらいになったとき、突然洞窟から白い影が飛び出してきた。

「うわっ⁉」

ロゼッタは素早い身のこなしで後ろに飛ぶ。だが白い影の方が速い。

ロゼッタはそのまま三メートルぐらい弾き飛ばされた。

「痛ててて……」

だが、きちんと受け身をとっていたようで、怪我はしないで済んだらしい。

「めぇぇぇぇぇぇぇ！」

白い影は倒れたロゼッタを前にして、力強く鳴いた。

俺には「ここに近づくな！」と言っているのだろうとなんとなくわかった。

「羊かしら？」

「いや、ヤギだな」

体高は〇・五メートルぐらい。額の角も小さい。外見はただの白い子ヤギだ。

だが、動きが尋常ではなかった。

ロゼッタの身のこなしは相当なものだったのに、難なく頭突きを当ててみせたのだ。

ただの子ヤギではないのは明白だ。

「あたしとしたことが、羊とヤギの足跡を見間違えるなんて……」

ロゼッタはショックを受けているようだ。

だが、羊もヤギも蹄の跡は二つ。俺程度なら、改めて見ても違いがよくわからないほどだ。

「消えかかった足跡を見間違えても仕方ないだろう。羊とヤギの足跡はよく似ているし」

「わたくしには、どこが違うのかまったくわからないわ」

ティーナがそう言うと、アルティも無言でうんうんとうなずいた。

俺は子ヤギに尋ねる。

「……お前が魔狼たちから羊たちを守ってくれたのか？」

「めえ」

子ヤギが言うには、どうやらそうらしい。

「そんな話、聞いたことないよ……」

ロゼッタはすっかり困惑していた。

俺は子ヤギに向けて優しく語り掛けた。

「俺たちは羊たちが住んでいた村から依頼されて狼や熊を退治しにきたんだ」

「めぇ？」

ヤギはどうやら、「敵じゃないの？」と聞いているようだった。

「敵じゃない。熊は倒した。羊も生きているなら全員生きたまま村に連れ帰りたい」

「めえ」

どうやらわかってくれたようだ。子ヤギは洞窟の奥へと入っていった。

そして十頭の羊を引き連れて戻ってくる。

「わっ、ほんとに十頭、ちゃんと全部生きてる！」

ロゼッタは感動していた。

貧しい村の、もう失われたと思われていた貴重な財産を無事に取り戻せたのだ。

きっと村人たちも喜んでくれるだろう。

「羊を守りながら戦うのは大変だし、狼退治の前に羊を村に戻したいんだけど、いいかな？」

「わたくしはロゼッタの言うとおりでいいと思うわ！」

ティーナは嬉しそうに羊たちを撫でながらロゼッタに賛同する。

アルティも羊たちを撫でまわしながら、うんうんと無言でうなずいていた。

一方、子ヤギは、俺の太もも辺りに、軽く額をトントンと押し付けてくる。

尻尾（しっぽ）がものすごい勢いでブンブンと振られているので、機嫌はいいらしい。

俺は子ヤギを撫でながら尋ねる。

「お前、もしかして神獣か？」

「めぇ？」

子ヤギは「それなあに？」と聞いている気がした。

鳴き声を聞いただけで何を言いたいのかわかるのはルンルンやフルフルと同じだ。

恐らく神獣に違いない。思わぬところで神獣と出会えた。

俺は楽しそうに優しく頭突きしてくる子ヤギを撫でまくる。

「お前、痩（や）せてるな」

「めぇ」

「なるほど？　羊たちに餌を運ぶのが忙しくて、草をあまり食べられなかったのか」

「めえ」

周囲には魔狼がうろついていたから、洞窟から羊たちを出すことは難しい。

なので、子ヤギがせっせと草を口で集めて羊たちのもとに運んでいたらしい。

かなりの重労働だ。自分の食べる量が足りなくて痩せるのも当然だ。

羊を撫でていたロゼッタが言う。

「羊たちも痩せているけど……。子ヤギちゃんほどじゃないね。子ヤギちゃんありがとう」

「めぇ」

「お前はとても感心な子ヤギだなー」

「めえめええええ！　めえええめえええ！」

森で暮らしていた子ヤギは、魔狼に追われている羊に気が付いた。

そこで魔狼たちから羊を守りながら、洞窟まで逃げ込んだのだ。

その後は羊たちに餌を運びつつ、毎日襲ってくる魔狼たちを追い返し続けていたようだ。

まだ子供で小さいのに、とても偉い。

その後、俺たちは羊たちの周囲を四人で囲み、村に向かって歩いた。

先頭はロゼッタ。左右をアルティとティーナ。最後尾を俺と子ヤギで固めて歩く。

羊たちがバラバラになりかけると、子ヤギが「めえ」と鳴き、まとまらせる。

子ヤギは羊を統率するのが得意らしい。

しばらく進むと、

「ＡＯＯＯＯＯＯＯＯＯＯＯＯＯＯＯＯＯＯＯＯ」

魔狼の遠吠（とおぼ）えが聞こえた。一回聞こえると、次々に遠吠えが連鎖していく。

羊たちが洞窟を出たことに気付いたのだろう。

それを聞いて羊たちが怯（おび）え始めた。ロゼッタが言う。

「少し小走りになるよ。ついてくるのがしんどくなったら言ってね」

「了解したわ」「わかりました」

ティーナとアルティが返事をする。

ロゼッタが前を向いているので、アルティも今回はちゃんと言葉で返事をした。

「後ろは任せてくれ」「めえ！」「ぴぎっ」

神獣たちも張り切っている。

さらにしばらく走ると、

「ＧＡＡＡ」

羊の群れの右後方から魔狼が襲い掛ってきた。

「メエッ！」

「ＫＹＡＵＮ！」

子ヤギが魔狼に頭突きした。

子ヤギより何倍も体の大きな魔狼が吹っ飛ばされて数メートル転がる。

その威力を見ると、先ほどのロゼッタへの頭突きは手加減していたことがよくわかる。

体重差を考えるとあり得ない。恐らく神獣の能力だ。

転がった魔狼にティーナが火球（ファイアー・ボール）を撃ち込む。

怯え、疲労している羊たちを見て、ロゼッタが足を止めた。

「ここで倒しきるよ！」

俺たちが足を止めたのを見て、魔狼たちは連携して襲い掛かってくる。

アルティはさすがだ。魔狼を一振りで鮮やかに倒していく。

ロゼッタはまだ遠い距離にいる魔狼に矢を放って命中させていく。

ティーナは魔法を放ちつつ、近寄った魔狼には杖（つえ）で攻撃する。

子ヤギは周囲を駆け回り、魔狼に頭突きを食らわせていく。

フルフルは大きくなって魔狼を飲み込むと、一気に消化した。

糞と一緒に毛皮や爪、牙、魔石など価値のあるものだけ、未消化で排出されるのがすごい。

俺はというと、近くに寄った魔狼を拳（こぶし）で殴り倒し、遠くの魔狼は魔力弾（マジック・バレット）で倒していった。

みんなの活躍もあり、あっという間に魔狼退治は終わった。

「ぴぎ？」

「うん。フルフル頼む」

「ぴぎぃ！」

フルフルは巨大なまま魔狼をどんどん包み込んで消化していく。

あっという間に消化し終わり、魔石や毛皮など価値ある素材が糞と一緒に排出される。

処理し終わると、フルフルは再び小さな姿に戻って俺の肩に飛び乗った。

「フルフルは、死骸処理名人だね」

「フルフル、助かった」

「ぴぎ！」

フルフルは誇らしげにプルプルした。


その後、戦利品を鞄に詰め込んでから村へと急いだ。

羊を引き連れて村に到着すると、村人たちは大喜びした。

喜んでもらえると、やはり嬉しい。

ロゼッタが俺の方を見て尋ねる。

「子ヤギちゃんはどうするの？」

「村で引き取りましょうか？」

村長もそんなことを言う。

「メェ！」

子ヤギは強く鳴くと、俺の後ろにさっと隠れる。

そして、俺の股の間から、ロゼッタや村人たちをじっと見る。

子ヤギは俺と一緒に行くと強く言っているのだ。

「俺に懐いてくれたみたいだし、連れて帰りたいんだけど」

「それがいいわ！　子ヤギちゃんは魔狼を撃退できたのだし、きっと魔獣よ！」

ティーナがそう言うと、村長もうんうんとうなずいた。

「なるほど……。魔獣のヤギさんなら、お任せした方がいいかもしれませんね」

そうして子ヤギは俺が任されることになった。

村人たちはお礼のために歓待したいと言ってくれた。

だが、サリアとローズ、ルンルンが待っている。

俺たちは丁重に遠慮して、勇者の学院へと戻ることにした。

せめてものお礼ということで、村人たちからお土産に村でお菓子などをいただく。

帰り道、ロゼッタが言う。

「本当にありがとうね。すごく助かったよ。みんなも困ったことがあったら何でも言ってね！」

「気にしないでいいわ！　わたくしも楽しかったし！　友達だもの！」

「そうです。気にしなくていいです」

「俺も子ヤギと出会えてよかった。これからよろしくな」

「めえ」「ぴぎっ」

子ヤギとフルフルは元気に鳴いていた。

学院への帰り道は、談笑しながら村でもらったお菓子を食べつつ歩く。

異変が起こったのは、楽しく話しながら王都まで徒歩一時間の距離まで歩いてきたときだった。

16・襲撃

突如、先頭を歩くロゼッタの右側から、黒装束(くろしょうぞく)の人影が高速で突っ込んできた。

覆面で顔を隠し、その手には黒い刃の短剣が握られていた。

その覆面はティーナと出会った時に戦った相手と同じもの。

テイネブリス教団だ。

「えっ？」

王都までの道のりの半ばまで来たということで気が緩(ゆる)んでいたのだろう。

ロゼッタの反応が遅れる。

だが、ロゼッタの後ろにいたアルティが一足飛びで前に出ると、人影に向けて剣を振りぬいた。

常人であればかわせぬ速さ。だが人影は体勢を崩しながらもかわす。

体勢を崩した人影に追撃しようとするアルティの真横から投げナイフが襲い掛かる。

難なくアルティは剣でナイフをはじくが、そのころには体勢を崩した人影は逃げていた。

敵ながら見事な連携だ。

「え、一体なにがおこったの？」

ティーナが驚き動きが止まる。そこにも別の人影が飛び掛かる。

武器も格好もロゼッタを襲った者とまったく同じだ。

俺(おれ)はかばうように人影とティーナの間に割って入り、短剣を持つ手を蹴(け)り上げた。

そうして怯(ひる)んだ人影を、俺が追撃しようとしかけたとき、

——ゴオオオオォ
真後ろから巨大な火球(ファイアー・ボール)。

火の色は白。直径は三メートルほどだ。

俺は追撃をやめて、味方を守るための障壁を張った。

障壁は火球の熱が内側に入るのを完全に防いだ。

障壁の外側では、土が熱で溶けてマグマのようになっている。

火球の威力がわかるというものだ。障壁で防ぐかかわさなければ無事では済むまい。

周囲を見回すが、魔法を放った魔導師の姿は見えなかった。

姿隠しの魔法を使いながら、特大の火球を放ったということだろう。

かなり高位の魔導師と判断できる。

「威力の高い火球だが、攻撃魔法に対する防御は任せろ！」

俺は大きな声でアルティたちに呼びかけた。

先に短剣で襲ってきた者たちはただの囮(おとり)。火球が本命だ。かなり用意周到だ。

俺たちが学院を出たのを確認してから、今まで人を集めて準備していたに違いない。

こういう場合、敵の魔導師から倒した方がいいだろう。

敵の覆面戦士の戦術は一撃離脱。巧みに連携して翻弄（ほんろう）してくる。

かなりの手練（てだ）れ。さすがのアルティも仕留めきれていない。

だが、戦闘が苦手と言っていたロゼッタがいい動きを見せていた。

短剣を抜いて敵の斬撃（ざんげき）を防ぎ、素早く飛び跳ねそれをかわす。

距離がひらけば弓を放つ。熟練の動きだ。

ただ、それでもこちらはじり貧だった。

最初二人だった敵の覆面戦士も、今では八人に増えている。

手助けしようにも、俺にも覆面男が攻撃してくる。

蹴りを繰り出すと、素早く後方に飛んで距離を取られる。

さらに追撃しようとすると、別の覆面男が後方からティーナを狙（ねら）う。

ティーナは多様な攻撃魔法を使って覆面たちを攻撃するが、致命傷は与えられていない。

かなり面倒な相手だ。集団による暗殺に特化している。


「まずいよ！」

「安心しろ。問題はない」

ロゼッタの悲鳴のような声に、俺が叫んで返事をした瞬間。

暴風嵐（テンペスト）の魔法が撃ち込まれた。

まともに食らえば立っていることはできないほどの暴風だ。

その上暴風の中では魔力の刃が乱舞している。巻き込まれたら細切れになる。

障壁で防ぐこともできるが、とても大きな、かつ全方位への障壁が必要になる。
すごく面倒だ。
俺は右手を勢いよく振るい、敵よりも威力の高い暴風嵐を周囲に向けて放つ。
敵の暴風嵐を打ち消して、敵を巻き込み斬(き)り刻んでいく。
「があああ」
姿を消していた魔導師も例外ではない。
俺の暴風嵐に巻き込まれて血みどろになって、姿が露見する。
魔法による反撃を開始したからには、素早く全員を仕留めなければならない。
逃げられて敵に情報を持ち帰られたら面倒だ。
俺が魔法を使えるという情報すら、なるべく敵には教えたくない。
魔法を使って周囲に隠れている者たちを探す。
さらに十人ほど身を潜めていた。全員逃がさない。
魔力弾(マジック・バレット)を撃ち込んでいく。
「ぎゃあああ」
周囲にいる敵は、身を潜めていた者も含めて全員仕留めた。
と思った瞬間、倒れていた魔導師が、起き上がると同時に突っ込んでくる。
死んだふりをしていたらしい。
「ピギィィイイイ！」

フルフルが俺の肩からぴょんと降りると、魔導師の足元に襲い掛かる。

魔導師はフルフルに足をからめとられて前のめりに転倒しかけた。

そこに、子ヤギが突進する。

「メエエエエエエエ！」

魔導師は足を固定された状態だ。そこに子ヤギが強烈な頭突きを腹に食らわせた。

当然、衝撃を後ろに跳んで逃がすことができない。

ゴギゴギッという骨の砕ける音が響き魔導師が仰向けに倒れた。

魔導師は口から血を噴き出していた。

「フルフル。子ヤギ。助かった」

「ぴぎ」「めえ」

フルフルも子ヤギも嬉しそうだ。

俺は魔導師に近づく。もう死んでいるのは確実だ。

だが、何らかの手掛かりを持っているかもしれない。

一応周囲をもう一度魔法で調べる。敵の生存者はいない。

尋問できるよう、一人か二人、残しておくべきだった。

「すまないが、この魔導師以外を一か所に固めておいてほしい」

「わかったよ！」「はい」「わかったわ」

ロゼッタ、アルティ、ティーナがテキパキと動き始めた。

子ヤギとフルフルは興味深そうに俺についてくる。

俺は魔導師の覆面をとる。顔は吐血(とけつ)した血にまみれていた。

魔法で調べて死んでいることはわかっているが、いつもの癖(くせ)で首で脈をとる。

脈拍は完全にない。心臓も呼吸も完全に止まっている。

ポケットの中や、所持している武器などを調べていく。

「手掛かりになりそうなものは何も持ってないな……」

武器も平凡な店売りに毒を塗ったもの。毒も店で売っている殺鼠剤(さっそざい)などを加工しただけ。

ほかの所持品にも特別なものは何もない。

覆面すら店売りのただの黒い布を加工しただけだ。手がかりを残さないことを徹底している。

「アルティ。こういう場合、死体の処理はどうするんだ？」

こういう場合とはテイネブリス教団との戦闘後の場合のことだ。

「手掛かりになりそうなものがないなら、燃やしてよいです」

あきらめて死体を焼こうとしたとき、死体が横たわったまま、ビクンビクンと大きく跳(は)ね始めた。

死霊術師(ネクロマンサー)による操作でもこうは動かない。

俺も初めて見る動きだ。つい好奇心から眺めてしまった。

未知のものを観察したがるのは、俺を含めた魔導師の悪い癖だ。

思わず手を止めて眺める俺を無視して、

「はぁあああああ！」

いつも無口なアルティが、気合の咆哮(ほうこう)とともに跳ねている死体を一閃(いっせん)。

剣は業物(わざもの)。速さも力も剣筋も申し分ない。威力は充分。金剛石でも切断できそうな一撃だ。

――パキンッ
だが、砕けたのはアルティの剣の方だった。

死体は全身をばねのようにして、陸にあげられた魚のように跳ね続けている。

その動きはどんどん大きくなり、同時に魔力も膨れ上がる。

死体の背から羽が生え始め、頭からは大きな角が生え、手足も長く太くなっていく。

首もどんどん太くなり、爪(つめ)は大型魔獣のそれのように長く鋭くなっていった。

さらに皮膚は金属光沢をもち、鈍く光り始める。

「いったい何が起きてるの⁉」

ロゼッタの悲鳴のような問いに、

「魔人化！　防がないといけません！」

アルティが慌てた様子で叫びながら返しつつ、短剣を抜いて襲い掛かるも、刃は通らなかった。

「これが魔人化ってやつか」

「ウィルさま、何を落ち着いているの⁉」

ティーナも慌てた様子で火球を撃ち込む。だがまったくダメージを与えた様子はない。

魔人化が、人が死んでから起こるものだとは知らなかった。

ミルトたちも教えてくれていればいいのに。

そんなことを考えていると、元魔導師が魚のように跳ねるのをやめた。そしてゆっくりと起き上がる。

死ぬ前より身長は二倍近く伸びていた。

「お前らには感謝せねばならぬな。殺してくれたおかげで生まれ変わることができたのだから」

「いや、礼には及ばないさ。逆にお礼を言いたいぐらいだ」

「何を言っている？」

「俺はまだ魔人化したばかりのやつと戦ったことがないんだ。勉強させてもらおう」

「いくらでも勉強すればいい。もっとも、すぐに殺されるのだから無駄になるがな」

いくら魔人について情報を集めようが、俺たちを皆殺しにするから関係ない。

そう言いたいのだろう。

俺は前世で普通の魔人となら戦ったことはある。

だが、人間から変化したばかりの魔人とは戦ったことがない。

「ああ。そうするよ。せいぜい死ぬまでに色々教えてくれ」

そう言って俺は笑っておく。

もちろん、俺が死ぬまでではなく、魔人が死ぬまでにだ。

その含意を魔人は正確に読み取ったらしい。顔がゆがむ。

「……身の程を知らないようだな」

「一つ聞きたいんだが、お前は仲間の魔人の中でも強い方なのか？」

「それを聞いてどうする？」

「お前らの強さの平均がどのくらいか知りたくてさ」

「すぐに死ぬお前には関係のないことだ」

「なるほど。まあなりたての魔人なわけだし、雑魚と考えた方がいいかな」

「……我を愚弄したこと、後悔させてやろう」

怒っているからか、魔人は俺を目掛けて突っ込んできた。アルティより速い。

魔人が振るった爪をかわすと同時に、俺はこめかみ目掛けて右足で蹴りを繰り出す。

俺の蹴りは狙い通り魔人のこめかみをまともにとらえた。

――ガィン……

感触が生物を殴ったそれではない。まるで金属の塊を蹴り飛ばしたようだ。

しかも、直撃したのに魔人はびくともしない。

魔法で強化していなければ、俺の足の方が折れていただろう。

「大言を吐いておいて、まさかそれが全力か？」

「まさかまさか」

俺がにこりと笑うと、魔人は俺の右足を左手でつかむ。

握力が尋常ではない。石ですら軽く砕くほどの握力だ。

「強化魔法か。ガキのくせに小細工がうまい」

「お褒めいただき光栄の至り」

俺がにこりと笑うと、魔人は俺の右足を握ったまま振り回す。

「さっさとひき肉になって、脳漿をぶちまけて死ぬがいい！」

魔人が連続で俺を地面に叩きつける。一回、二回、三回、四回。

アルティもロゼッタもティーナも、俺を助けようと動きだす。

フルフルと子ヤギもこっちに向かって走ってくる。

どうやら心配させてしまったようだ。

だが、俺はできれば一人で魔人を倒したい。

五回目に魔人が俺を地面に叩きつけようと振りかぶったとき。

「おっ？」

魔人は、血が噴き出ているひじの先、消えた自分の左腕を見つめてあぜんとした。

「ふむふむ。変化したてでも、なかなか力が強いんだな。皮膚も硬い」

俺は魔人の肩の上に乗り、魔法で切断した魔人の左腕を放り投げる。

「な、何をした！」

「今から死ぬお前が知っても仕方ないだろ」

魔力で強化した足で蹴っても効かないが、魔法の刃は効くようだ。

魔法の刃で俺の右腕をつかんでいた魔人の左腕を斬り落とし、そのまま魔人の肩の上に乗ったのだ。

「なめやがって！」

魔人の全身が黒い炎に包まれる。魔人が信奉する魔王「厄災の獣」の系列の魔法だ。

俺は急いで肩から飛び降りて距離をとる。少し服が焦げた。

俺の体勢が整う前に魔人が黒い火球を撃ち込んでくる。

魔人は魔法も得意らしい。やはり強敵だ。

黒い火球の威力はとても高い。俺がかわした後、地面に当たって土を溶かす。

あまり放置するわけにもいかない。地形が変わってしまう。

俺は黒い火球をかわすと同時に、黒い火球によってできた死角を利用する。

八歳の小さな身体が役に立つ。一気に魔人との間合いを詰めた。

突然眼前に現れた俺を見て、

「きさ……」

驚愕に目を見開いた魔人の首を魔法の刃で斬り落とした。

その瞬間、首から血の代わりに金色の煙が噴き出した。

同時に魔人の身体はドロドロの金色の物体へと溶けていく。

「なんだ、これは？　アルティ、知ってるか？」

少なくとも俺は見たことのない現象だ。

「知らないですが、よくないものだと思います」

「だよな」

さっきは観察しているうちに魔人への変化を許してしまった。

嫌な予感がする。今回は黙って変化を見守らない方がいいだろう。

「溶けているのなら！」

俺は氷結の魔法を撃ち込んだ。

周囲の気温が一気に下がる。溶ける魔人の近くの地面が凍り付いて白くなる。

だが、魔人は溶け続けていた。

ティーナは火球の魔法を放ち、ロゼッタは矢を射かける。

しかしどれもまったく効果がない。

「この際だ。何が効くのか試してみるか！」

俺は多様な魔法を試しに撃ってみた。

雷、風、重力魔法、光、闇、熱。どれも効かない。

だが、水球を撃ち込むと、

「UAAAA……」

魔人が悲鳴のような声を上げた。

癒しを司る水神の力が聞くのだろうか。それとも水神が司る浄化の力だろうか。

「ティーナ、水属性魔法が効く！」

「了解したわ！」

俺とティーナで水魔法を連続で撃ち込んでいく。

悲鳴を上げながら、ドロドロの魔人はほんの少しだけ小さくなった。

元魔人の金色の物体が、水魔法の当たった部分だけ少し黒くなる。

「効いてるな！」

「ええ！　手応えがあるわね」

だが、小さくなったのはほんの少しだ。溶けた魔人はそこで急速に新たな形をとり始めた。

そして、ついに新たな姿へと変化する。

金色の長い体毛。体高は十メートル。足は六本。尻尾は二本。

爛々と輝く赤い目が三つあり、背には羽が四枚生えている。

水魔法が当たったせいか、ところどころ黒い斑点のようなものがあった。

その姿を見て、俺は一瞬固まった。

「………………厄災の獣テイネブリス」

いや、テイネブリスそのものではない。

奴の尻尾は九本あったし、身体もこれよりもはるかに大きかった。

小さくなった厄災の獣。恐らく眷族か何かだろう。

前世で戦った厄災の獣は刻々と無効化する属性を変化させていた。

こいつもその眷族ならば、今回たまたま水属性が効いただけなのだろう。

別の眷族にも水属性魔法が有効とは思わない方がいいかもしれない。

「ロゼッタ！　ティーナ！　学院に走って総長ゼノビアに助けを求めろ！」

「ウィルさまはどうするの⁉」

「ここで食い止める！」

「それならあたしも……」『わ、わたくしも』

「足手まといだ！　さっさと行ってくれ！」

「わかった」『了解したわ」

俺が強く言うと、ロゼッタと、ティーナが振り返らずに走り始めた。

魔人との戦いを見て、俺がロゼッタたちよりずっと強いと判断してくれたのだろう。

俺は通話の指輪を起動して、ゼノビアに呼びかける。

ロゼッタたちに「ゼノビアに助けを求めろ」と言ったのは、この場から逃がすためだ。

ロゼッタやティーナのような性格の者は、役割なしにはなかなか逃げてくれないのだ。

「ゼノビア！　小型のテイネブリスみたいなのが出た！　場所は王都の南——」

『わかりました！　それは厄災の獣の眷族、テイネブリスの尻尾です！』

厄災の獣の眷族がいることは、事前に弟子たちから聞いていた。

『すぐに向かいます！　食い止めておいてください。ですが御身の安全を第一に！』

「もちろんだ」

通話を終えて横を見ると、アルティは体勢を低くしながら身構えていた。

「アルティ、時間を稼ごう」

「わかりました。全力を尽くします」

アルティは力強く返事をするが、愛剣は先ほど折れている。

さすがのアルティも、素手では戦力として心もとない。

俺は大急ぎで、魔力を使って剣を錬成する。

金属神と剣神は俺の師匠だ。剣ぐらい錬成できる。

「これを使ってくれ」

「……これは？」

「急ごしらえだが、先ほどの剣よりいいだろう」

「ありがとうございます」

アルティには、あとでしっかりした剣を作ってあげようと思う。

その間、テイネブリスはグルグルと唸っていた。

俺たちのことを警戒しているようだ。隙を見せれば襲い掛かってくるだろう。

ロゼッタとティーナを追わなかったことから、俺たちに狙いを定めているのは間違いない。

「フルフル、子ヤギ。頼りにしている」

「ぴぎ」「めえ」

「さてさて。獣の尻尾。戦おうか」

前世のころならまだしも、今の俺は成長途中の八歳児。

手加減している余裕などあるわけがない。

最初から倒すつもりで全力で戦って、なんとか時間稼ぎできるかどうかだ。

「アルティ、フルフル、子ヤギ、いざとなったら逃げよう」

そう一言だけ明るく言って、俺は魔法の刃（マジック・ブレード）を連続で放つ。

「ＧＵＵＵＵ」

うなりながら、厄災の獣の眷族は跳びはねてかわし、一気に俺目掛けて突っ込んできた。

その動きは想定通り。

走る獣の後ろ右脚を大地から生やした大きな腕で鷲掴（わしづか）みにして拘束する。

大地の手（ソイル・ハンド）という土属性魔法だ。

足をつかまれた獣の足が止まる。

そこに俺はすかさず魔法の槍（マジック・ランス）を撃ち込んだ。

獣の眷族の胴体に十本の魔法の槍が突き刺さる。

「ＧＵＡＡ！」

吠（ほ）えると同時に獣の眷族の体から黄金の煙が噴き出した。

足をつかんだ大地の手と刺さった槍が一瞬で砕け散る。

そして、すぐに獣の眷族は、超高速で俺に向かって突進を再開した。

魔法の槍を撃ち込んだというのに、まったくダメージを受けたような動きではない。

「あれでは大したダメージにもならないのか！」

——ガギイイイイン
獣の眷族の突進を、俺は魔法障壁で受け止めた。

ものすごい衝撃。障壁にひびが入る。

「メエエエエ！」

子ヤギが獣の眷族に渾身(こんしん)の体当たりをぶちかます。

いつの間にか子ヤギは大きな姿に変わっていた。体高三メートルぐらいある。

子ヤギは大きくなった体に魔力を漲(みなぎ)らせ、高速でぶつかったのだ。

獣の眷族は大きく吹き飛ばされた。

「ピギイイイイ！」

その先にはフルフルが待ちかまえている。

大きくなったフルフルが獣の眷族の体の一部を包みこむ。

「GIAAAAAAAAA！」

獣の眷族がおぞましい悲鳴を上げた。

フルフルが包み込んだ場所が金から黒へと変色して灰になる。

「GOOOOAAAA！」

獣の眷族は力強く咆哮すると、同時に全身から金色の煙を噴き出した。

その煙に当たった瞬間、フルフルが弾(はじ)きとばされる。

「ピギャアア」

悲鳴を上げるフルフルを、獣の眷族は追撃しようとした。

そこにアルティの剣が一閃。獣の眷族の両後ろ足をひざのところで切断する。

切断面から赤い血と金色の煙が一気に吹き出た。

アルティの左腕に金色の魔力弾がかすった。

すでに獣の眷族の両後ろ足は再生を始めている。

アルティは見事な身のこなしで、紙一重でかわしていく。

獣の眷族はアルティの方へと振り返りつつ口を開け、口から金色の魔力弾のようなものを放った。

「GAAAAAA!!」

アルティが顔をゆがめる。血が出ているわけではないが、周囲が黒く変色した。

「つうっ」

まともに食らえば即死。かわし損ねてかすっただけでも、時間経過で死に至る呪いだ。

「そういう小技は厄災の獣のやつと同じじゃなんだな!」

俺は魔法で作り出した水球を獣の眷族に撃ちこむ。

水球には土魔法で泥を混ぜ込んである。粘度の高い泥水の水球だ。

高速で飛んで、獣の眷族の顔を覆う。

「GUAAAA!」

水球に顔を覆われながらも、獣の眷族は口から金色の魔力弾を連続で放つ。

単なる水ならば簡単に蒸発しきっただろう。

蒸発しなくとも、貫通はしたに違いない。

だが、今獣の眷族の顔を覆っているのは俺が大量の魔力をぶち込んだ水球だ。

金色の魔力弾をすべて吸収しきる。獣の眷族の魔力を、俺の魔力で相殺するのだ。

相殺した分、水球はどんどん小さくなろうとする。

だが、俺は小さくなった分、水球に魔力をつぎ込んでいくのでまったく減らない。

焦ったのか、獣の眷族は熱風の魔法を口から吐く。

それでも、水球が蒸発する端から俺が魔力を追加するので消えることはない。

泥水によって視界をふさいだ。その上、口からの魔法という最大の攻撃手段も奪った。

飛び掛かろうにも両後ろ足はアルティが切断済みだ。

それでも、獣の眷族は俺目掛けてまた突進を開始した。

目は見えずとも気配でわかるのだろう。

両後ろ足が再生の途中だというのに、残りの四本の足を使って獣の眷族は駆けた。

後ろ足がないというのに速い。一瞬で俺の眼前に現れると、右前足の鋭い爪を振るってくる。

俺は後ろに跳びはねてかわす。だが、獣の眷族は俺の退き足に遅れずについてきた。

こうなると爪をかわしつづけるのは難しい。俺は爪を障壁で受け止めた。

――ガギイイイイン
俺の障壁と爪がぶつかり、鈍い音が響く。

獣の眷族は体重をかけてギリギリと爪に力を籠める。障壁に徐々にヒビが入っていった。

俺と獣の眷族は、超至近距離で顔を突き合わせている格好だ。

「やはり、つえーな」

そのとき、爪の圧力に負けて障壁が砕けた。すかさず張りなおす。

張りなおした時には、獣の眷族の爪は俺の体に触れる寸前にまで迫っていた。

急いで障壁を張りなおしたせいで、水球への魔力供給が薄くなった。

獣の眷族はそれを見逃してはくれない。

「GOOOOOOOAAAA!」

獣の眷族が咆哮しながら金色の魔力弾を口から放った。

俺の水球を貫通し、爪を防ぐための障壁すら砕く。

俺は自ら後方へ身体を倒すことで何とかそれをかわした。

それでも右肩を金色の魔力弾がかすった。

「つうっ!」

右肩に焼けるような激痛が走った。

すかさず、獣の眷族は倒れた俺に馬乗りになろうとしてきた。

再度張った障壁で獣の眷族の全身を押しとどめる。

獣の眷族は「ガチンガチン」と牙を鳴らす。障壁を破られたら、牙の餌食だ。

障壁と水球への魔力供給を同時に強化し、防御を固めるしかない。

「たあああああ!」

俺にのしかかっている獣の眷族に対し、アルティが斬撃を加えていく。

「GAAAAAAAAAAA」

前と中の四本の足と、ほぼ再生が終わっていた二本の後ろ足。

加えて二本の尻尾を次々に切断されて、獣の眷族は地面をのたうった。

「ウィル！　大丈夫ですか！」

俺は跳び起きながら答える。

「大丈夫だ！　助かった」

「こいつはどうやったら死ぬんですか！」

切断面からは血と同時に金色の煙が噴き出し、またも再生を開始している。

「ピギイイイイイ」

フルフルが叫びながら獣の眷族の六本足の切断面を体で覆う。

すると再生が止まった。

金色の煙をフルフルは吸収し、再生を阻害しているようだ。

「メエエエエ！」

子ヤギは鳴きながら、小さな角から魔力弾のようなものを出す。

それが飛ぶ速度はあまり速くはない。獣の眷族の足が健在ならば当たらなかっただろう。

だが、今、獣の眷族の足はすべて切断済み。

全身を使って地面を転がるしか獣の眷族には避けるすべがない。

子ヤギの攻撃は、容易(たやす)く獣の眷族に当たる。

当たった瞬間「バシュン！」という音が鳴り、獣の眷族の体、その肉が弾けてえぐれる。

えぐれた部分から血と金色の煙が吹き出た。

えぐれた部分は直径〇・一メートルほど。

体高十メートルの獣の眷族にとって大したダメージではないのだろう。

十秒足らずでえぐれた部分の再生は終わる。

だが、子ヤギは魔力弾のようなものを高速で連射しつづける。

「メエエエエエエエ！　メエエエエエエ！」

「GAAAAAAAAA」

子ヤギの与えるダメージか、ついた獣の眷族の再生スピードを上回った。

獣の眷族は苦しそうに咆哮しながら、金色の魔力弾を口から放つ。

しかし、俺の水球に遮られて効果はない。

フルフルの浸食も再生速度を上回り始めた。

アルティも手を緩めず斬撃を繰り出している。

どれも致命傷には至らない攻撃だが、手数を増やすことで再生速度を上回っていく。

「この調子だ！」

「はい！」「ピギ！」「メエエエ！」

特に子ヤギの攻撃は素晴らしい。

飛ぶのが遅いので、動きを封じた後でなければ使いにくいが、効果は絶大だ。

「GUAAAAAA」

獣の眷族は大きく吼えると、あろうことか俺の水球を飲み込んだ。

このままだと、じり貧だと考えて焦ったのだろう。

最大の勝機だ。俺は獣の眷族の体内に入り込んだ水球を支配し続ける。

御曹司たちと違い、獣の眷族は魔法抵抗が高い。

俺の全力でも支配し続けるのは容易ではない。

「GAA」

頭を覆う水球が失われたことで、口からまた金色の魔力弾が放たれ始めた。

「ピギイイ！」「メエエ！」

至近距離にいたフルフルがまともに食らって吹き飛ばされる。

少し距離のあった子ヤギはかろうじて直撃を防いだが、左前足を負傷した。

俺は水球を支配し続けることにほとんどの魔力をつぎ込む。必然、防御がおろそかになる。

金色の魔力弾を防ぐために、薄い障壁しか張らない。いや、張れないのだ。

当然のように、障壁は簡単に砕け散る。即座に張りなおす。

金色の魔力弾一つにつき障壁一枚を消費する。

障壁を使い捨てながら、俺は水球を動かして獣の体内を探っていった。

その間も金色の魔力弾が俺を襲う。

障壁は簡単に砕け、金色の魔力弾の破片が何度も体をかする。

そのたびに激痛が走った。

「これで終わりだ！」

獣の眷族、その魔力の核となるコア。

生物でいうところの心臓近くまで、ついに水球が到達した。

すかさず俺は土まみれの水球を爆発(ばくはつ)させた。

水神の力。つまり浄化と癒しの力。土神の力。つまり植物など生物を育てる力。

その神の力を帯びた水球だ。

獣の眷族のコアを貫き、砕いた。

「ＧＩＡＡＡＡＡＡＡＡＡＡＡＡＡＡＡＡＡＡＡ！」

厄災の獣の眷族が断末魔の悲鳴を上げる。

傷口から常に発せられていた金色の煙が消え去る。

そして全身が灰のようなものへと変わっていく。

「倒せたのでしょうか……」

アルティは警戒しながら剣を構えたままだ。

「ぴぎ……」「めぇ……」

フルフルも子ヤギも巨大化を解除せず、身構えている。

「ああ、安心しろ。倒せたはずだ」

転がっているのは三つに砕けたコアと灰。それ以外は何も残っていない。

倒せたと思った瞬間、気が緩んだのだろう。

一気に疲労が押し寄せてくる。

だが、油断はできない。周囲に敵がいないか、魔法で探知する。

いないことを確認すると、すぐに休みたくなるが、治療と解呪も大切だ。

俺もアルティも、子ヤギもフルフルも獣の眷族の金色の魔力弾がかすっている。

傷つき、死に至る呪いを受けているのだ。

「とりあえず、治療と解呪だ」

俺はまずアルティに治癒と解呪の魔法をかける。

「あ、ありがとうございます」

「あとで医務室にも行っておいた方がいい」

治癒はともかく解呪は少し難しかった。疲れている身には少々しんどい。

続けてフルフルと子ヤギにも治癒と解呪の魔法をかけておく。

「ぴぎ！」『めえ」

フルフルと子ヤギは嬉しそうに鳴いた。

そして、最後に自分に同様の魔法をかけて治療は終わる。

無事治療を終えると、俺は地面に尻をつき、足を伸ばして座った。

「……めちゃくちゃ疲れた」

「お疲れさまです。私も疲れました」

「アルティ、お疲れさま。フルフルと子ヤギもお疲れ」

「ぴぎぃ！」『めぇめぇ！」

フルフルと子ヤギが元の大きさに戻って俺の足の上に乗ってきた。

とりあえず、撫でる。

「ああ、そうだ。コアと灰も回収しておこう」

「そうですね。それは私がやっておきます」

「ありがとう」

アルティが獣の眷族の砕けたコアと灰を拾って鞄に入れる。

灰は大量にあるので一部だけだ。

残った灰はフルフルが再び巨大化して処理してくれた。働き者のスライムである。

それが終わると、アルティと小さくなったフルフルは、俺の横に来て座る。

フルフルは座るというか、俺の足の上に乗ってプルプルしているだけなのだが。

「強かったですね」

「ああ。人から魔人に。魔人から獣の眷族に二段階変化されるとは思わなかった」

「はい。私もこのケースは聞いたことありません」

どうやら珍しいケースらしい。

帰ったら、魔人について知られている知識を詰め込まなければなるまい。

そんなことを考えていると、アルティが剣を差し出した。それは俺がさっき作った剣だ。

「ウィル。素晴らしい剣でした。今までに使ったどの剣より使いやすかったです」

激しい戦闘のあとだからか、アルティもいつもより饒舌だ。

「それならよかった。その剣はそのまま持っていてくれ」

「よいのですか？」

「もちろんいい。だがその剣は急ごしらえだから耐久性がな。今度改めて新しい剣を作ろう」

耐久性と言っても、折れやすいという意味ではない。

時間的な劣化が早いという意味だ。腐食も早い。

そういう耐久性を犠牲にして、鋭利さと折れにくさを高めたのだ。

ひと月もたてば、今の性能の八割程度になってしまう。

「ありがとうございます。でもいいのですか？」

「もちろんだ。アルティが強くないと俺も困るからな」

これからアルティと一緒に戦う機会も増えるのだろう。

仲間は強い方がいい。

「それにしても眷族ごときにこれだけ苦戦していたら、テイネブリス本体に勝つのは無理だな」

本体と戦うまでにはこれまで以上に成長しなければならない。

そう考えて俺は決意を新たにした。

17. 総長ミーティング

しばらく休んでいると、剣聖ゼノビアと小賢者ミルトが到着した。

二人は、それぞれ大きな飛竜（ワイバーン）の背に乗っていた。

ワイバーンは馬よりも速いので、移動手段として最適だ。

休んでいる俺（おれ）たちの姿を見て、ゼノビアはほっとしたようだった。

「もう、終わったようだな」

「はい。かなり厳しい戦いでしたが」

「それはそうだろう。なにせ相手は眷族（けんぞく）だったのだからな」

ゼノビアはうんうんとうなずく。

ミルトはアルティから眷族のコアのかけらと灰を受け取り、調べながら言った。

「まさか、退治できるとはな。連絡を受けた時は肝（きも）が冷えたぞ」

弟子たちは俺たちでは眷族退治はまだ難しいと判断していたのだろう。

神獣であるフルフルと子ヤギの助けがなければ、足止めするのが精いっぱいだったかもしれない。

ゼノビアは弟子であるアルティに手を触れながら、怪我（けが）がないか調べていく。

「うむ。怪我はないようだな」

Hassai kara hajimaru Kamigami no Shito no Tensei Seikatsu

「ウィルに治療してもらいました」

「そうか。それならば安心だ。おや？　剣も変わっているな」

「申し訳ありません。いただいた剣は、魔人との戦いで折れてしまいました」

「そうか、折れたか。魔人相手に折れたのならば致し方あるまい」

ミルトはコアを鞄にしまったあと、固めておいてあった襲撃者の死体も鞄に放り込んでいく。

内容量を拡大した魔法の鞄らしい。

「恐らく身元は分かるまいが、一応調べねばな」

そして、ミルトは俺たちに向けて言う。

「詳しい話は学院で聞こう。二人とも飛竜の背に乗るがよい」

「ありがとうございます。疲れていたので助かります」

俺は子ヤギとフルフルと一緒にミルトの乗ってきた飛竜の背に乗る。

アルティはゼノビアの飛竜の背に乗った。

「お師さま。お願いがあります」

「ふむ？　どうした？」

「助けを呼びにいくために今も走っているティーナとロゼッタを途中で拾ってください」

「うむ、わかった」

空に飛びあがった後、ミルトが小声で尋ねてくる。

「ティーナとロゼッタは、どの時点で助けを呼びにいったのだ？」

「ゼノビアさまに連絡する直前です」

「なるほど。彼女らも獣(けもの)の眷族(けんぞく)を見たということか」

「そうなります」

「となると、ティーナとロゼッタにも事情を説明しておいた方がいいだろうな」

「はい。それがいいと思います」

途中で全力で走る汗だくのティーナとロゼッタを見つけて、ゼノビアの飛竜に乗せる。

二人は俺たちが無事だったことに安堵(あんど)していた。


そして、俺たちは勇者の学院へと戻った。

サリアとルンルンに会いたいが、今はまだ託児所での授業中だ。

まっすぐにゼノビアの総長室へと向かう。

アルティ、ティーナ、ロゼッタだけでなく、ミルト、フルフルと子ヤギも一緒だ。

ティーナは、アルティと一緒にゼノビアから毎朝指導を受けている。

だから、総長室に入ってゼノビアと対面しても緊張していないようだ。

だが、ロゼッタは緊張しているようだった。恐らく総長室にも初めて入ったのだろう。

奥の長椅子(ながいす)に座ったミルトから俺たちは向かいの長椅子を勧められた。

四人で座っても余裕のある大きな長椅子だ。

右からロゼッタ、ティーナ、俺、アルティの順で座る。

フルフルは俺の肩の上に乗ってきた。

子ヤギは俺のひざの上に乗り、俺にお尻を向けて尻尾を可愛くフリフリ振っている。

俺はとりあえず肩に乗っているフルフルを右横におろすと、優しく撫でた。

ぷにぷにで気持ちがいい。

そうしてから、次に子ヤギの背中をやさしく撫でた。

その時、部屋の奥に行っていたゼノビアが人数分のお茶とお菓子を持って戻ってきた。

「お師さま。私が淹れなければならないところを……」

慌てた様子で立ち上がるアルティに、ゼノビアが笑顔で言う。

「気にするな。今はアルティも客だ」

ゼノビアが全員にお茶とお菓子を配るのを見ながら、ミルトが俺たちを見回す。

「初めて会う者もいるな。自己紹介が必要だろう」

総長であるゼノビアは入学式であいさつしたのでロゼッタも知っている。

だが、ミルトはそうではない。ロゼッタはもちろん、ティーナも初対面だろう。

「私はミルト。ミルト・エデル・ヴァリラスだ」

「大賢者のお弟子さまにお会いできるとは、光栄の至りです。わたくしは……」

ロゼッタは驚いて固まったが、ティーナは驚きながらも自己紹介を始めた。

さすがは皇族。偉い人との挨拶は慣れたものだ。

ミルトはティーナを見て笑顔を浮かべた。

「ティーナ・ディア・イルマディ。そなたは我が兄弟子の弟子。当然知っている」

「恐縮です」

「ロゼッタのことも知っている。狩人神の寵愛を受けた優秀な狩人だ」

「……あたしのことをご存じなのですか？」

「もちろんだ」

ロゼッタは心の底から感動しているようだった。

お茶とお菓子を配り終わり、ミルトの横に座ると、ゼノビアが笑顔で言う。

「さて、経緯を説明してくれぬか？　まずはロゼッタから見たことを細かく説明してほしい」

ゼノビアは、最初に最も教団に関する知識の薄いロゼッタに尋ねた。

どのくらい情報を知ったのか調べるためだろう。

ロゼッタはうなずくと、丁寧に学院を出たところから説明し始めた。

その部分はゼノビアとミルトにとっては必要ない説明だ。

だが二人とも、そんな素振りをかけらも見せず、興味深そうにうんうんと聞いていた。

「そして、首を落とされた魔人が厄災の獣テイネブリス？　とかいうのに変わったんです」

「ほう？　厄災の獣とはなんだ？」

「わかりません。あたしはウィルがそう言ったのを聞いただけなので」

そういえば、驚きのあまり思わず口走ってしまった。

あの中できちんと聞いて記憶していたとは、狩人神の寵愛を受けているだけのことはある。

「ふむ。それだけ知っているのならば、ある程度教える必要があるな。ミルトはどう思う?」

「判断はゼノビアに任せる」

「そうか。ならば子供たち。よく聞きなさい」

ゼノビアはそう言うと、真剣な表情で俺たちを見た。

ティーナもロゼッタも、緊張した様子で息をのむ。

アルティは特に緊張した様子はない。いつも通り背筋を伸ばしている。

「めぇめぇ」

そして子ヤギは俺の前に出されたお菓子をバクバク食べていた。

俺のお茶までごくごく飲んでいる。

「子ヤギはお腹が空いていたのかもしれないな」

羊たちに草を運んで自分は痩せていたぐらいだ。

それから軽く草を食べさせたりはしたが、移動しながらなので本格的な食事はまだだった。

俺の分のお菓子を食べつくした子ヤギは、アルティのお菓子も食べ始めた。

「こ、こら。子ヤギ。アルティのはダメだ」

「めぇ?」

首を傾げながら、言葉がわからないふりをして、バクバク食べる。

「構わないです。食べてください」

「あたしの分も食べていいよ。羊を守ってくれたんだもんね」

「わたくしのも食べていいわよ」

「めえ！」

みんなからお菓子を提供されて、子ヤギはすごく嬉しそうだ。

それを見てゼノビアが言う。

「……追加でお菓子を持ってこさせよう。ミルト。奥に行ってたくさん持ってきておくれ」

「わかった。すぐに持ってこよう」

ミルトが部屋の奥へとお菓子を取りに向かった。

小賢者にそのような雑用をさせるわけにはいかない。

そう思ったらしいティーナとアルティが立ち上がりかけるが、ゼノビアが手で制した。

そして、ゼノビアは説明を開始する。

「テイネブリスというのはだな……」

今回戦ったのは魔王である厄災の獣テイネブリスを復活しようと企んでいる者たちだ。

その者たちの名はテイネブリス教団と言い、救世機関の宿敵である。

教団の中には魔人が含まれる。

入学前にティーナを襲ったのも教団だ。

そういうことをゼノビアは語っていく。

「最後に現れた獣だが、あれはテイネブリスの尻尾と呼ばれる眷族だ。よく倒せたものだ」

そして、俺は正式に決まっているわけではないが、ミルトの直弟子候補だとゼノビアは語る。

「ウィルもアルティも、救世機関にいつ迎え入れてもよいぐらいの実力の持ち主だ」

「だから、色々と詳しいし、強かったんですね！」

「納得だわ」

ロゼッタもティーナもすっかり納得したようだった。

俺の前世がエデルファスということを明かさないために、そういうことにしてくれたのだ。

俺はゼノビアの配慮に心の中で感謝した。

ゼノビアがティーナに向けて言う。

「ティーナには、ディオンが説明することになっていたのだがな」

俺の弟子、水神の愛し子ディオン・エデル・アクアはティーナの師匠だ。

重要な話は師匠からすることになっていたのだろう。

「思いがけず、説明を受ける前に魔人に遭遇し、獣の眷族のことを知ってしまったな」

ゼノビアは少し困ったような表情を浮かべた。

ディオンに小言を言われることを覚悟しているに違いない。

「外出許可を出したのは私なのだが、危機意識が足りなかったやもしれぬ」

外出許可を取ったのはアルティだ。ゼノビアに直接頼んだのだろう。

だが、俺たちが魔人や獣の眷族と遭遇するとまでは、ゼノビアは考えなかったに違いない。

だからこそ、ゼノビアは外出許可を出したのだ。

実際、教団の襲撃者程度、俺とアルティがいれば余裕で撃退できる。

ロゼッタが少し不安そうに手を挙げた。

「総長先生。結構重大なお話だけど、あたしも聞いてよかったんですか？」

「あまりよくはないのだが、もう知ってしまったのなら仕方あるまい」

「そうだな。こういう事態を想定して、入学時に宣誓書へサインしてもらったのだからな」

お菓子をたくさん持って戻ってきたミルトがそんなことを言う。

確かに入学式の後のガイダンスの際に、宣誓書にサインをした覚えがある。

書面の内容は人類の敵と恐れず命を懸けて戦うとか、知りえたことを決して口外しないなどだ。

「ロゼッタ。お主も勇者の学院の一員なのだから、もう一般人とは違うのだ」

「はい、あたしも覚悟はできています！」

ロゼッタの返事を受けて、ゼノビアは深くうなずく。

それからゼノビアは俺とアルティを見た。

「アルティ。ウィル。経緯を改めて説明しなさい」

先ほどロゼッタに尋ねたのは、ロゼッタが何を知ったか確かめるためだった。

今度の問いは、俺たちが戦った相手が実際にどのような敵だったか知りたいということだろう。

俺とアルティは襲撃者との遭遇から、ゼノビアたちの到着まで時系列で語っていった。

ゼノビアとミルトは、真剣な表情で聞いていた。

一方、俺が説明している間、子ヤギはミルトが持ってきたお菓子をパクパク食べていた。

ヤギも人間のお菓子を食べていいのかわからないが、神獣なので大丈夫だろう。

俺のひざの上に乗り、お尻をこっちに向けて尻尾をパタパタパタと振っている。

俺の顔に尻尾がパシパシ当たるが、むしろ心地よい。

俺とアルティからの説明を、ミルトは前のめり気味で聞いていた。

説明が終わると、ミルトは長椅子の背もたれに体を預けて天井を見あげた。

「これまで死体が魔人になったケースはない」

「……魔人から獣の眷族に変化したこともないな」

ゼノビアもそんなことを言う。

「……少し調べねばなるまい」

「それはミルトに任せる」

「ああ。わかっている」

そしてゼノビアとの話は終わった。

「ご苦労だった。また後で連絡すると思うが……今日はゆっくり休みなさい」

「はい。ありがとうございます」

「ロゼッタ。お主は深く知りすぎた。これからは何かを頼むことが増えるかもしれぬ」

「光栄の至りです。全力を尽くします」

「うむ。期待している」

俺たちが立ち上がると、ミルトが言う。

「みなわかったと思うが、今外は危険だ。軽率な外出は禁止だからな」

「心得ました」

俺がそう返答すると、ミルトは神妙な顔でうなずいた。

18・日常への帰還

Hassai kara hajimaru Kamigami no Shito no Tensei Seikatsu

総長室を出た後、しばらく全員無言だった。

フルフルさえも、俺(おれ)の肩の上でぷるぷるせずに静かにしていた。

子ヤギだけが元気に俺の足に軽く頭突きを繰り返している。

恐らく子ヤギにとっては親愛の情の表現なのだろう。

「よしよしよーし」

「めええぇ」

歩きながら子ヤギを撫(な)でまくると嬉(うれ)しそうに鳴く。

これから子ヤギの体は大きくなる。そうなると、頭突きも痛くなるかもしれない。

一応、言い聞かせておくべきだろう。

「頭突きは人を選んでやるようにしてくれ。それと優しくな」

「めぇ」

子ヤギは理解してくれたようだ。賢い子ヤギで助かる。

そんなことをしながら歩き、総長室からだいぶ距離が離れた。

すると、そこでロゼッタが足を止めて言う。

「はぁぁあああ。緊張したぁぁ」

そう言うと同時に、垂れ下がっていたロゼッタの尻尾（しっぽ）が伸びをするようにぴんと上に伸びた。

そして、またゆっくりと垂れて揺れ始める。

この世界の人族の最高権力者である賢人会議のメンバー二人と対面したのだ。

ロゼッタが緊張するのもわかるというものだ。

「めぇ？」

そんなロゼッタに子ヤギが頭突きしにいく。

先ほど言い聞かせたからか、優しい頭突きだ。

この頭突きはロゼッタをリラックスさせるためのものだろう。

「子ヤギちゃん、ありがとうね」

ロゼッタも微笑（ほほえ）んで、子ヤギを撫でまくる。

「ロゼッタにとっては意外だったかもな」

「うん。みんなと違って、あたしは平凡だから……」

この平凡というのは勇者の学院の生徒の中ではという意味だろう。

一般的な基準で考えたら、ロゼッタは類（たぐい）まれなる才能の持ち主で、とても優秀だ。

俺から見たら、勇者の学院の中でも優秀に思える。

「ロゼッタも才能にあふれてると思うが」

「ウィルくんは優しいね！　お世辞でも嬉しいよ」

そう言って、ロゼッタは微笑む。

「わたくしもさすがに緊張したわね」

「これからは会う機会も増えるかもしれないな」

「光栄な話ね」

まだ本館の中とはいえ、全員、教団や賢人会議に関する固有名詞を避けて会話している。

いい心がけだ。俺も見習いたい。

「何か聞きたいことや相談したいことがあったら、遠慮なく俺の部屋に来てくれ」

「そっか！　ウィルさまとわたくしはお友達だから、お部屋に遊びにいってもいいのよね」

ロゼッタに言ったつもりだったのだが、嬉しそうに返事をしたのはティーナだった。

「ああ。というか、俺はティーナもロゼッタもアルティもみんな友達のつもりだが……」

「わたくしも！　わたくしもウィルさまもロゼッタもアルティも友達だと思っているわ！」

「私もみんな友達だと思っていますよ」

「あたしもウィルくんの友達さ！　もちろんティーナもアルティもね！」

「……友達。えへへ」

ティーナは一人ニヤニヤしている。

何を笑っているのかと思ったら、どうやら少し涙ぐんでさえいる。

友達が増えたのがよほど嬉しかったようだ。

ティーナは友達に飢えていたのかもしれない。

「ロゼッタもアルティもティーナも。いつでも気楽に訪ねてきてくれ」

「うん！　ありがとう！」

寮の部屋は新入生は新入生で固まって配置されている。だから、全員の部屋は近いのだ。

そして俺の部屋はちょうどその中ほどにある。ミーティングするのにちょうどいい。


それからティーナとアルティと別れて、俺とロゼッタは託児所へと向かった。

色々やっている間に、託児所の授業終了時間は過ぎていた。

「あにちゃ！」

「わぅ！」

サリアとルンルンが嬉しそうに駆け寄ってくる。

ルンルンは周りの子供たちに気を使っているのか、小さな声で吠えた。

「サリア、ルンルンただいま。いい子にしてた？」

「してた！」「わわぅ！」

サリアとルンルンを撫でてやる。ルンルンの尻尾はすごい勢いで揺れていた。

すぐ近くではロゼッタとローズが俺たちと同じように再会を喜んでいる。

子ヤギはサリアとルンルンを少し警戒しているのか、俺の後ろに隠れていた。

そして股の間から顔を出して観察していた。それを見逃すサリアではない。

「あにちゃ！　だれ！　かわいい！」

「まだ名前は付けてないけど、ヤギの子供なんだ」

「ふわーーすごい！」

「子ヤギ。このかわいい子がサリア。俺の妹だ。こっちの大きい犬がルンルンだ」

「めぇ」

「まっしろ。かわいい！」

サリアは俺の股の間から顔を出している子ヤギの頭を撫で始めた。

子ヤギもまんざらでもなさそうだ。

「しろちゃん、かわいいねー」

「ん？　子ヤギの名前はシロにするのか？」

「うん！　しろくてかわいいから！」

「そっか。子ヤギはそれでいいか？」

「めぇぇぇ！」

名前を付けてくれて嬉しい。名前も気に入った。どうやら、そう言っているようだ。

シロ自身が気に入ったのなら何よりである。

ロゼッタの妹、ローズもシロが気になるようだ。

シロを見て、尻尾をぶんぶん揺らす。

「しろちゃんっていうの？　よろしくね！」

「めえ！」

ローズとサリアに撫でまわされて、シロも機嫌がよさそうだった。

俺の股の間から出て、短い尻尾を振りながら、二人に体をこすりつけている。

ルンルンは興味深そうにシロの匂いを嗅いでいた。

神獣同士の挨拶もあるのだろう。

それからまたアルティとティーナと合流して、食堂に行き夕ご飯をみんなで食べる。

そして自室に戻って風呂に入ると、今日は早々に眠ることにした。

サリアも授業開始日で疲れた様子だったからだ。

ベッドの中でサリアに尋ねる。

「授業は面白かった？」

「おもしろかった！」

「それはよかった」

「んとね、うんとね！　ろーずちゃんが……」

楽しそうにサリアが今日あったことを語り始める。

そして、話ながらしばらくすると眠ってしまった。

俺はサリアの柔らかい髪を撫でながら、床で伏せているルンルンに言う。

「ルンルン、今日はありがとうな」

「……」

ルンルンは無言で尻尾を振った。サリアを起こさないように気を使っているのだ。

ルンルンは体が大きいのでベッドに乗ってこない。遠慮しているのかもしれない。

シロとフルフルはベッドに乗って眠っていた。

「ルンルンも遠慮しないでベッドに上がっていいよ」

「…………」

ルンルンは無言のまま、静かにのそのそと俺の足元の方に上ってきた。

「もっとこっちに来てもいいよ」

そう言うとルンルンはもぞもぞと俺の横に来た。

今日同行できなかった分、たっぷり撫でる。

「今日は色々あったんだ。最初は魔熊退治だったんだ。だけど……」

——バサバサ
話を聞くルンルンの尻尾が大きく揺れる。

ルンルンが一緒にいてくれた方が、戦闘時はすごく助かる。

今度、ゼノビアに学院の安全度を聞いて、大丈夫そうならルンルンにはついてきてもらおうか。

そんなことを考えながら、今日あったことをルンルンに話しているうちに眠りに落ちた。

◇

ウィルが眠りについたころ。学院から遠く離れた地で。

「歯ごたえのないやつらだった」

勇者レジーナはちょうど数体の魔人を死骸に変えたところだった。

「さて、仕事は終わり。帰るとするか」

そう言ってレジーナはにやりと笑う。

「首を洗って待っていろ。師匠の名を驕る詐欺師め！」


勇者が息巻いていたころ、水神の愛し子ディオンは、

「……あなたは一体何者ですか？　いや、なぜ私の前に？」

「――……………」

謎の者との邂逅を果たしていた。

「とりあえず、師匠と名乗る者とは速やかに会う必要がありますね……」

険しい顔で、そうつぶやいた。

書き下ろし短編　お風呂

Hassai kara hajimaru Kamigami no Shito no Tensei Seikatsu

厄災の獣の眷族を倒した日の夜。

俺は夕食を食べた後、サリアと神獣たちと一緒に自室へと戻った。

「あにちゃ！　おふろはいろ！　おふろ！」

「そうだね。お風呂はいろうか」

勇者の学院。その学生寮には各人の部屋に風呂とトイレが完備されている。

風呂トイレ以外にもキッチン、リビングの他に三部屋ほどあって、小人数で一緒に暮らすことができるように作られているのだ。

「お湯をためるから少し待っててね」

「あい！　さりあ、いいこにしてまってる！」

俺はお風呂と脱衣所の扉を開けて、リビングの音が聞こえるようにしてお風呂の準備をする。

サリアのことはルンルンやフルフルが見てくれてはいる。

だから、基本的に危ないことはないと思う。

それでも、保護者としてサリアが危ないことをしていないか気になるのだ。

「るんるん、ここすわって！」

「わぅ？」

「ふるふるはこっち！」

「ぴぎぃ？」

「しろちゃんはここだよ！」

「めぇえ？」

サリアは神獣たちを並べて何か不思議な遊びをしている。

あとでなんの遊びか聞いてみよう。

「さて……お風呂だが……」

勇者の学院の学生寮には魔道具を利用した給湯システムがある。

さすがのシステムだ。きっと小賢者ミルトが作ったのだろう。

ミルトは控えめに言っても天才である。

だが、俺の場合は給湯システムを使うよりも、魔法を使った方が早い。

魔法で勢いよく水を出し、一旦軽くお風呂を洗い流す。

そうやって綺麗にしてから、俺は考えた。

「……今日はどうしようかな」

魔法でお湯を出すか、水を溜めて温めるか、どちらがいいだろうか。

早いのは魔法でお湯を出す方法だ。

だが魔力消費が激しい。今日は獣の眷族と戦ったので疲れているのだ。

魔法で作った水は、あくまでも水っぽいもの。

魔力を水の性質を持つように変化させたものに過ぎない。

もちろん身体を洗い流すことはできるが、魔力供給をやめれば消えてしまう。

魔法で出す火炎や風と同じである。

暖をとるときも、薪を集めて魔法で着火させるのが一番効率がいい。

魔力の炎を維持し続けるのは、かなり大変なのだ。

魔法でお湯を作って溜めた場合、風呂から上がるまで魔力を消費し続けることになる。

「まあ、トレーニングと考えればいいか」

俺は魔法でお湯を出す。あっという間に湯船がお湯で満たされた。

「サリア。もうお風呂入れるよ」

「わーい、おふろおふろー……あっ、しろちゃんもいっしょにはいろねー」

「めぇ？」

サリアはシロをぎゅっと抱っこして風呂場に連れてこようとしていた。

だが、シロは赤ちゃんヤギとはいえ、体高〇・五メートルはある。

三歳のサリアに抱っこできる大きさではない。

「めぇ……？」

シロは「何がしたいの？」と困惑気味に鳴いている。

シロを自力で抱き上げることをあきらめたのか、サリアは俺の方にタタタと駆けてきた。

「あにちゃ、しろちゃんもいっしょにおふろはいるの！」

「そうだね。その方がいいかもだね」

「うん！」

実際、シロはかなり汚れている。

シロは森の中で魔狼（まろう）から羊の群れを守って戦い続けていた。

蹄（ひづめ）も泥まみれだし、角も顔も体も土まみれ。

ベッドに連れていくには少しためらう状態だ。

俺はシロを抱きかかえると、脱衣所へと運ぶ。

「めえめえ！」

シロはお風呂については理解していないようだ。

だが、抱っこされたのが嬉（うれ）しいようで、尻尾（しっぽ）を勢いよくブンブンと振った。

「おっふろー、おふろーおっふろー」

サリアはフルフルを抱きあげて、脱衣所へとついてくる。

「サリア。フルフルとも一緒に入りたいの？」

「うん。ふるふると、おふろはいるよ！」

フルフルは基本汚れない。むしろ汚れを綺麗にする側だ。

だが、サリアはフルフルと一緒にお風呂に入りたいらしい。

「そっかー。でもフルフルに聞いてみないとね」

「わかった！」

「フルフルはお風呂に入りたい？」

「ぴぎっ」

どうやらフルフルも入りたいらしい。ならば一緒に入ってもいいだろう。

俺たちが脱衣所に移動すると、ルンルンも脱衣所の入り口までついてきた。

「ルンルンは……ごめんな」

「わぅ」

ルンルンと一緒にお風呂に入るのは難しい。

ルンルンは体が大きすぎる。

ルンルンを洗う際は庭あたりで魔法でお湯を出してやらないといけないだろう。

ルンルンもそれを理解している。

脱衣所の入り口からはこちらには入ってこない。伏せをして俺たちの様子を見ている。

サリアがルンルンを優しく撫(な)でる。

「るんるん、まっててねー」

「わぅ」

それからサリアは自分で服を脱ぎ始める。

サリアは三歳だから自分で服を脱ぐことができるのだ。

まだまだ着るのはうまくないが、脱ぐのは自分一人で結構できる。

サリアが服を脱いでいる間、フルフルは大人しく待っていた。

俺はシロを床に降ろして、自分も服を脱ぐ。

「シロも少し待っていてくれ」

「めぇえ？」

シロは「別にいいけど、お風呂って何？」と言った感じの鳴き方をしていた。

「あにちゃ！　ぬいだ！」

「自分で脱げてえらいね」

「えへへー」

そして俺たちはお風呂場へと入る。

「めえ！」

シロは初めてのお風呂に興味津々だ。

浴槽のヘリに両前足を乗っけて、尻尾をピュンピュン振っている。

それだけで、ヘリが泥っぽくなる。

「シロ、湯船に入るのは洗ってからだよ」

「めえ？」

「サリアを洗うから待っていてくれ。サリア、こっちに来て」

「あい！」

いい子のサリアを洗っていく。

「はい、髪洗うから目をつぶってー」

「あい！」

俺はサリアを素早く洗っていく。

石鹸（せっけん）で洗った後、魔法でお湯を作り出して、サリアを包む泡を全部洗い流す。

「はい、もう入って大丈夫だよ」

「ありがと！」

だが、サリアは入らずにフルフルを撫で始めた。

「ふるふるあらってあげるー」

「ぴぎー」

フルフルは最初から綺麗なので洗う必要はない。

フルフルはサリアに任せて、いや、フルフルにサリアを任せて俺はシロを洗う。

「シロ、綺麗にしようね」

「めぇえめえええ」

初めて体を洗われて、シロは困惑しているようだ。

だが、先にサリアが洗われていたのを見て危険はないと判断したのか、大人しくしていた。

俺としてはシロにもお風呂の心地よさを知ってほしい。

だから優しく、丁寧に洗っていく。

「はい、足上げて」

「めぇ？」

蹄を綺麗にしていく。シロは少しくすぐったそうにしていた。

「角も綺麗にしようね」

シロの角は、まだほんの少ししか生えていない。

サリアの小指の先程度である。

角を綺麗にしたあと、角と角の間も綺麗にする。

「額も綺麗しないとな」

額では魔狼を弾き飛ばしたりもしていた。

ある意味最も汚れている部分かもしれない。

その汚れている部分で、シロはことあるごとに頭突きするのだ。

シロの額は、最も汚れやすく、そして最も綺麗にしなければならない部分と言えるだろう。

「さりあもしろをあらうー」

すべすべなフルフルは、サリアにとって洗いがいがなかったのかもしれない。

「ぴぎー」

撫でまわされていたフルフルがお礼を言うように鳴いた。

そして、フルフルは湯船に入って、ぷかぷか浮き始めた。

フルフルが気持ちよさそうで何よりだ。

「じゃあ、サリアはシロの背中を頼む」

「わかったー」

背中はもう俺がすでに洗ったところだ。

そこをサリアは、石鹸を付けた手でなでなでする。

「めぇ」

シロはサリアに撫でてもらえて気持ちよさそうだ。

俺はシロの短い尻尾やお腹(なか)も綺麗にしていく。

全部綺麗にした後、俺は魔法でお湯を作り出して、石鹸の泡を洗い流した。

シロは全身をブルブルさせていた。

「サリアもシロも湯舟に入っていいよ」

「あい！」

「めぇ！」

サリアはシロと一緒に湯船に入った。

「しろちゃん、きもちいい？」

「めぇ！」

サリアとシロはお湯をぱちゃぱちゃさせて、楽しそうに遊んでいる。

初めてお風呂に入ったシロも心地よさそうだ。

ヤギは風呂を嫌うことが多いが、シロは神獣なので少し違うのだろう。

俺はその様子を見ながら、手早く自分の身体を洗っていく。

頭を洗う際が一番注意しなければいけないタイミングだ。

目をつぶっている間に、サリアが溺れたらまずい。

「フルフル。サリアを頼むな」

「ぴぎっ」

一応フルフルにサリアのことを頼むと、俺は素早く頭を洗った。

洗い終えると俺も湯船に入る。

「フルフル、ありがとう」

「ぴぎい」

フルフルはとても頼りになるスライムだ。

「シロ、気持ちいい？」

「……めぇ」

さっきまではしゃいでいたのに、シロはすっかり大人しくなっていた。

のぼせたのだろうかと、一瞬心配になった。

だが、シロはゆっくりと俺の方に来ると、俺の伸ばした足の上に乗ってきた。

そして、ゆっくりと足をたたんで座る。香箱座りのような格好だ。

「シロも、ちゃんと気持ちよさそうだな」

「しろちゃん、おふろすきー？」

「めぇ」

「さりあも、おふろすきー」

「めめぇ」

「ふるふるはー？」

「ぴぎー」

「そっかー、さりあもすきだよー」

まるでサリアは、シロとフルフルの言葉がわかっているかのようだ。

サリアはシロの背中を撫でる。

そのとき、風呂場の扉からことりと音がした。

ルンルンが扉のところまで歩いてきたようだ。寂しいのかもしれない。

俺は風呂場の扉を開けてやる。

ルンルンはゆっくりと風呂場へと入ってくると、湯船のへりにあごを乗せた。

そんなルンルンの頭を撫でる。

「ルンルンも一緒に入れるぐらい湯船が広かったらな」

とはいえ、それは贅沢というものだ。

「わふ」

「ルンルンも体を洗っておく？」

「わふぅ」

洗ってほしそうなので、俺は湯船に入ったまま、魔法でお湯を出してルンルンを濡らす。

そして丁寧に石鹸で体を洗っていく。

「わふう」

「るんるんきもちいい？」

「わふ」

「よかったねえ」

サリアは本当に神獣たちと会話しているかのようだ。

もしかしたら、俺みたいに何を言っているのか理解できるのかもしれない。

気のせいかもしれないが。

石鹸できちんと洗った後、ルンルンを魔法で作ったお湯で洗い流した。

このまま放置してしまえば、ルンルンが風邪をひいてしまう。

「さて、サリア、そろそろあがろうか」

「あい！」

俺はシロを抱えて湯船から出る。

フルフルは自分で出て脱衣所の方へと向かった。

しっかりと風呂場の扉を閉めると、俺はサリアの身体を綺麗に拭く。

そうしながら風呂場のお湯を高速で操り、風呂場の掃除を済ませておいた。

「一瞬で乾かすよー」

「あい！」

サリアを濡らしているのは俺の魔力が変化したお湯だ。

いや、お湯らしきものである。

魔力の供給を解除すれば、一瞬で消える。

「かわいた！」

「そうだね。サリア、服着てもいいよ」

「あい！」

サリアは一生懸命服を着始めた。

俺が着せた方が早いのだが、サリアはもう三歳なので自分で着たがるのだ。

俺は自分の服を着て、シロとフルフル、ルンルンを拭いていく。

とはいえ、形だけだ。もうみんな濡れていない。

それでも、濡れたときに体を拭くという習慣をつけておいた方がいい。

実際に濡れたときに放置して風邪をひいては困るからだ。

「あにちゃ！　ふくきた！」

「うん。ちゃんと着られて偉いね」

前後逆に着ていることはよくある。だが、今日はサリアはちゃんと着られていた。

さすがサリアである。

「さて、兄は疲れてしまった。今日は早めに寝ようか」

今日はかなり魔力を使った。

「わかったー」

素直にそう言うと、サリアは寝室に向かって走っていった。

「ルンルン。フルフル。シロ。今日はお疲れさま」

「わふ」「ぴぎ」「めえ」

神獣たちも疲れているように見えた。

「今日はもうゆっくり寝よう」

そして、俺たちは寝室へと向かったのだった。

あとがき

はじめましてのかたははじめまして。

ｗｅｂや「最強の魔導士。ひざに矢をうけてしまったので田舎の衛兵になる」「ここは俺に任せて先に行けと言ってから10年がたったら伝説になっていた。」の読者のみなさま。

いつもありがとうございます。

えぞぎんぎつねです。

本作の主人公、ウィル君は最強です。

前世でやり残した魔王討伐（とうばつ）を達成するため１００年後に転生します。

すると、かつての弟子たちは世界一の実力者にして、権力者になっています。

ウィル君はモフモフしていたり、していなかったりする仲間を増やしながら最終的に魔王討伐を目指すのです。

そんなお話です。

よろしくお願いいたします。


最後に謝辞(しゃじ)を。

イラストレーターの藻(も)先生。素晴(すば)らしいイラストをありがとうございます。

サリアが本当にかわいくて、ものすごく嬉(うれ)しいです。

担当編集さま、いつもありがとうございます。

編集部、営業部等の皆様もありがとうございます。

小説仲間のお友達のみなさま。いつもありがとうございます。

そして読者の皆様。本当にありがとうございます。

次の巻でお会いできることを願っております。

令和元年　十一月

えぞぎんぎつね

八歳から始まる神々の使徒の転生生活

2019年12月31日　初版第一刷発行

著者　えぞぎんぎつね

発行人　小川 淳

発行所　SBクリエイティブ株式会社
〒106-0032　東京都港区六本木2-4-5
03-5549-1201　03-5549-1167（編集）

装丁　伸童舎

印刷・製本　中央精版印刷株式会社

ISBN978-4-8156-0418-9
Printed in Japan

ファンレター、作品のご感想をお待ちしております。

〒106-0032　東京都港区六本木 2-4-5
SBクリエイティブ株式会社
GA文庫編集部 気付

「えぞぎんぎつね先生」係
「藻先生」係

本書に関するご意見・ご感想は
下のQRコードよりお寄せください。
※アクセスの際に発生する通信費等はご負担ください。

貴族転生２ ～恵まれた生まれから最強の力を得る～

著：三木なずな　画：kyo

皇帝の十三番目の子供という生まれながらの地位チートに加え、生まれつきレベル∞、かつ、従えた他人の能力を自分の能力にプラスできるというチートスキルを持った世界最強の６歳・ノア。帝位継承ランクが低いため、気ままに過ごしていた彼は、持ち前の公平さ、清廉潔白さを以て、弱冠６歳にして数多くの仲間や水の魔剣レヴィアタンを従え、最強の力、最強の部下を揃えてゆく。

そこに皇帝からの譲位を待ちきれない皇太子アルバートがクーデターを画策して、事態は俄に動き始める――!!

今回新たに炎の指輪ルティーヤー、六大精霊の紅一点フワワ、有能な間諜ドンを配下に加えたノアは、皇帝親衛軍の提督を任じられ、地上最高の権力者である皇帝の座に、また一歩近づいていく!!